Barras de cereais
um baú e três souvenirs

Editora Appris Ltda.
1ª Edição - Copyright© 2023 do autor
Direitos de Edição Reservados à Editora Appris Ltda.

Nenhuma parte desta obra poderá ser utilizada indevidamente, sem estar de acordo com a Lei nº 9.610/98. Se incorreções forem encontradas, serão de exclusiva responsabilidade de seus organizadores. Foi realizado o Depósito Legal na Fundação Biblioteca Nacional, de acordo com as Leis nos 10.994, de 14/12/2004, e 12.192, de 14/01/2010.

Catalogação na Fonte
Elaborado por: Josefina A. S. Guedes
Bibliotecária CRB 9/870

R672b
2023

Rocha, FJ
    Barras de cereais : um baú e três souvenirs / FJ Rocha.
1. ed. Curitiba : Appris, 2023.
    136. p. ; 21 cm.

ISBN 978-65-250-4445-3

1. Ficção brasileira. 2. Autoanálise (Psicologia). I. Título.

CDD – 305.26

Editora e Livraria Appris Ltda.
Av. Manoel Ribas, 2265 – Mercês
Curitiba/PR – CEP: 80810-002
Tel. (41) 3156 - 4731
www.editoraappris.com.br

Printed in Brazil
Impresso no Brasil

FJ Rocha

Barras de cereais

um baú e três souvenirs

Appris
editora

FICHA TÉCNICA

EDITORIAL Augusto Vidal de Andrade Coelho
Sara C. de Andrade Coelho

COMITÊ EDITORIAL Marli Caetano
Andréa Barbosa Gouveia (UFPR)
Jacques de Lima Ferreira (UP)
Marilda Aparecida Behrens (PUCPR)
Ana El Achkar (UNIVERSO/RJ)
Conrado Moreira Mendes (PUC-MG)
Eliete Correia dos Santos (UEPB)
Fabiano Santos (UERJ/IESP)
Francinete Fernandes de Sousa (UEPB)
Francisco Carlos Duarte (PUCPR)
Francisco de Assis (Fiam-Faam, SP, Brasil)
Juliana Reichert Assunção Tonelli (UEL)
Maria Aparecida Barbosa (USP)
Maria Helena Zamora (PUC-Rio)
Maria Margarida de Andrade (Umack)
Roque Ismael da Costa Güllich (UFFS)
Toni Reis (UFPR)
Valdomiro de Oliveira (UFPR)
Valério Brusamolin (IFPR)

SUPERVISOR DA PRODUÇÃO Renata Cristina Lopes Miccelli

PRODUÇÃO EDITORIAL Nicolas da Silva Alves

REVISÃO Mateus Soares de Almeida

DIAGRAMAÇÃO Renata C. L. Miccelli

CAPA Bruno Nascimento

REVISÃO DE PROVA Isabela Bastos

AGRADECIMENTOS

Agradeço, primeiramente, a Deus, pela saúde para o trabalho; à minha amada esposa, Edileine Baumel, e ao meu amado filho, Guilherme Baumel Rocha, por entenderem o tempo que estive ausente digitando esta prazerosa obra.

Se tiver que relembrar o passado, relembre o que te faz feliz!
(Lam. 3, 21a)

SUMÁRIO

PRÓLOGO 11

BARRAS DE CEREAIS

I.. 14
II.. 18
III.. 22
IV.. 26
V.. 30
VI.. 35
VII.. 40
VIII.. 45
IX.. 50
X.. 53
XI.. 56
XII.. 61
XIII.. 65
XIV.. 71
XV.. 75
XVI.. 78
XVII.. 83
XVIII.. 87
XIX.. 94
XX.. 99
XXI.. 105
XXII.. 110
XXIII.. 114
XXIV 117
XXV 121
XXVI 126
XXVII 130
XXVIII.. 133

PRÓLOGO

Oi, Jim.

Espero que esteja tudo bem, senti saudades e resolvi mandar este e-mail. O que segue em itálico foi escrito antes de você partir; na época, não tive coragem de mostrar. Ainda não sei se cometi um erro.

Pelo sim, pelo não, mesmo estando muito longe e depois de muito tempo, gostaria que soubesse como reparei em você desde o primeiro momento no laboratório.

Ao olhar para você, minha alma foi tocada, sua beleza me encantou e a desejei como em um sonho alucinado.

Vi a harmonia de sua face com olhos cheios de vida, lábios apaixonados, cabelos angelicais. Mas, sua ternura me encantava muito, muito mais.

Percebi que somente você poderia ser minha outra metade.

Apesar de não entender a poesia e a filosofia grega, em você, apenas em você, achei o amor nelas mencionado.

Me apaixonei de repente por uma desconhecida e, como mudar de fase nos videogames de infância, me vi disposto a viver o resto da vida ao seu lado.

Nossas diferenças nos aproximaram, e os contos se misturaram. Você, bela e perfeita como um floco de neve, e eu, desajeitado, sonhando ser um trevo-de-quatro-folhas.

Olhando para você, vi minha princesa, projetei nosso universo, imaginei nosso mundo e descobri que somente ao seu lado uma aventura assim seria possível.

Percebi que não conseguiria viver sem você, abandonei a ignorância e corri atrás da sensatez.

E se a interessasse, encontrava-me pronto para ser um grande amigo, preparado para dar-lhe o ombro e disponível para enxugar suas lágrimas.

Meu coração gritava... para mim o único trabalho seria proporcionar momentos cheios de magia, trazer o universo a seus pés a fim de vê-la sorrir.

Ao olhar para você, lhe vi como Medeia. Mas, este Jasão desejava somente uma vida simples ao seu lado.

Não queria uma deusa intocável. Apenas uma pessoa humana, sensível e amável.

Contudo, em um piscar de olhos, aprendi que você era forte, destemida e muito focada.

Vi meu reflexo em seu olhar e encontrei a definição da fusão de duas almas em um só sonho, um só caminho, um só roteiro, Forever and Ever.

Entretanto...

Você foi embora.

E agora...

Me resta apenas seu sorriso como lembrança.

Não estou pedindo sua volta, mas você precisa saber que, mesmo sem querer, encantou, cativou e, por isso, foi muito amada.

Jamais se esqueça disso.

Quando precisar de um ombro amigo, lembre-se dos presentes e das mensagens.

Estarei sempre ao seu lado.

E mais uma vez, sorria, você tem o sorriso mais lindo que já vi!

De seu amigo.

Ass.: Celso.

Barras de cereais

I

Mais de quinze anos fora de sua cidade natal, Sônia, menina de 1,68 de altura, quase uma atleta muito bem cuidada, olhos verdes e cabelos castanhos com efeito degradê, enfim, uma mulher de parar o quarteirão, estava de volta a Curitiba.

Precisou viajar ao final do ano 2001 em virtude do trabalho. Foi selecionada para participar de um programa de *trainee*, em Minas Gerais, numa grande instituição privada. Não tinha como abrir mão dessa oportunidade.

Durante o tempo em que ficou fora, cresceu profissionalmente e conseguiu atingir alguns objetivos pessoais que lhe traziam muito orgulho. Até poucos meses atrás, era a gerente comercial da empresa na qual havia sido *trainee*.

Visitou vários lugares viajando a negócios, conheceu pessoas de todos os cantos e teve contato com diferentes culturas. Diante disso, apenas lapidou o senso crítico super-refinado.

Cheia de instrução, com muito conteúdo e carregada de conhecimento, motivos que a faziam brilhar em seu departamento. A menina, sempre decidida, agora vivenciava uma situação emocional extremamente desgastante.

Fazia alguns anos que Sônia não tirava o período inteiro de férias. Normalmente negociava com seus gestores apenas alguns dias. Amava sua rotina, e esse pouco tempo lhe era suficiente.

Os maiorais agradeciam; para a empresa era importante a permanência dela na direção de seu setor, sua competência era admirada e a fazia quase que insubstituível.

Entretanto, com sua vida pessoal passando por um momento de turbulência, capaz de jogá-la em um abismo de solidão profunda e nociva, a ponto de por duas vezes acabar parando em um hospital, aceitou os fatos. Ficar sozinha não era mais uma opção.

Abusou da ingestão de algumas substâncias famosas de tarja preta. Drogas indicadas com a condição de controle absoluto pelo paciente e/ou por quem cuida da pessoa enferma.

Por esse motivo, a jovem entendeu a necessidade de um período mais longo de descanso, dez dias apenas seriam insuficientes para curar, ou assimilar, a dor da súbita separação.

E assim, decidiu passar as férias em sua cidade natal, refugiando-se no aconchego da casa paterna. Lugar onde sempre encontrou paz, compreensão e o cuidado muito necessário nesse período caótico.

Reconhecia em seu íntimo que se preciso fosse, ali, poderia recomeçar.

Recém-chegada ao seu velho endereço, precisou de um tempo para se ambientar com o antigo lar.

A casa de seus pais era espaçosa, bem iluminada, tinha uma linda fachada construída por um arquiteto amigo da família.

Com garagem para dois carros, a ampla sala de estar, com um lustre antigo no centro, deixava o ambiente cheio do charme dos anos 80. A sala de jantar também era muito espaçosa; apesar de não ser de um conceito totalmente aberto, tinha o potencial de acomodar muita gente em noites de festas.

A cozinha, ou espaço *gourmet*, como preferem os mais novos, foi projetada para receber amigos, era espaçosa e também o cômodo preferido da família. Era ali que boa parte dos dias, quando mais nova, Sônia se divertia com a mãe, o pai e sua irmã.

Do lado esquerdo da casa, falando como quem entra na residência, havia um corredor que separava a área comum da área privativa. Os três quartos da casa e os banheiros ficavam desse lado, só entravam ali os mais íntimos.

O quarto dos pais era o primeiro da casa. Mobília totalmente planejada, perfeitamente arranjada para o casal exigente. A suíte dos sonhos, assim se referia a matriarca da família. *Closet* com banheiro, dois ambientes em um só facilitavam muito o seu dia a dia.

A otimização do espaço deixava o ambiente ainda mais agradável. Tinha lugar para *puffs*, espelhos, sofá e penteadeira. O *closet* não era um simples guarda-roupa, passou a ser um verdadeiro cômodo de luxo, D. Dete adorava aquele lugar.

O segundo cômodo era da irmã mais velha, todo ele também com móveis planejados do jeito que a menina queria. Decoração com estampados e coloridos pensados em detalhes na harmonia do ambiente.

Cheio de almofadas e quadros decorativos, substituídos por *posters* das bandas de *rock* no período da adolescência. Também tinha um *closet* de 10 metros quadrados, onde normalmente as duas meninas faziam farra quando a mãe não estava por perto.

O último quarto era o de Sônia. Ligeiramente se assemelhava ao de sua irmã. As pequenas diferenças encontravam-se primeiro nas cores. A cor do quarto da mais nova era um rosa suave.

Segundo, não havia um *closet* como o da primogênita, e terceiro nesse cômodo foi projetado um pequeno espaço para estudo, e a caçula também amava essa parte da casa.

Apesar de se encontrar em um estado de melancolia desmedida, a gerente comercial ficou chocada ao perceber que o lugar que um dia usou para descansar, dormir e sonhar estava um caos.

Tinha de tudo ali, seu antigo quarto parecia um depósito de coisas velhas desgastadas pelo tempo, um autêntico celeiro para qualquer coisa.

Em seu local de trabalho, gostava de sua sala perfeitamente arranjada, móveis e objetos sistematicamente colocados em seus devidos lugares. Mas, agora, estava entregue a esse momento obscuro.

Sônia precisou dos trinta dias de suas férias para começar a se mexer depois de aterrissar em Curitiba.

Chorava a todo momento e não tinha interesse em buscar ajuda nenhuma, seu único programa nesse período foi dormir o dia inteiro.

Sua mãe teve paciência, sabia que algumas pessoas poderiam permanecer por anos remoendo perdas e frustrações; dessa maneira, apenas ficou ao seu lado demonstrando o quanto a amava. Era a amiga e a enfermeira que a caçula precisava nesse período dolorido.

Por Sônia ser uma menina extremamente metódica, não aguentou ficar mais internada em sua antiga cama, chorando e remoendo águas passadas, enquanto seu quarto se encontrava numa balbúrdia, uma zorra só.

Passados trinta dias após aquele rio de lágrimas, com os olhos ainda inchados e muitas olheiras. Depois de relembrar tudo o que já havia vivenciado naquela aconchegante casa, lugar onde, sem dúvida nenhuma, sempre que precisasse poderia chamar de lar, ainda não estava pronta para voltar ao trabalho.

Diante disso, tratou de arranjar algum passatempo para permanecer por ali. Necessitava se ocupar com alguma tarefa, e assim meteu a mão na massa e iniciou a arrumação de seu velho quarto.

Ainda sentia um vazio enorme, dizia ela. Mas, precisava fazer algo novo em sua rotina e, dessa forma, deu o primeiro passo rumo à sua terapia.

A ideia era básica. Desfazer-se de todo tipo de papéis, revistas, livros e tudo o que dizia respeito a seu tempo de faculdade.

Mas, como diria um de seus mentores: "Mapa não é território[1]".

E assim, mesmo sem perceber, iniciou sua jornada em busca de seu equilíbrio emocional.

---

[1] Mapa não é território: termo que vem da Teoria da Semântica Geral, criada pelo matemático e filósofo polonês Alfred Korzybski.

II

Era madrugada de sexta para sábado, quando Sônia levantou. Passou o início da manhã sozinha, arrumando alguns cacarecos, encaixotando outros considerados mais importantes e eliminando aquilo que de fato era entulho.

Mergulhou de cabeça em seus antigos papéis e, por estar totalmente focada em sua tarefa, não viu o tempo voar.

Enquanto amontoava o que pretendia dar fim, uma visita já esperada adentrou o ambiente para trazer um pouco mais de cor e tentar alegrar o seu dia. Com 6 anos de idade, um metro de altura, cabelos castanhos um pouco abaixo dos ombros, olhos verdes iguais aos da tia, com um sorriso contagiante e um ar angelical, sua doce e amada sobrinha, a criança preferida de Sônia, chegou.

A pirralha Rita entrou no recinto, acompanhada da mãe, Amanda, e de sua avó, D. Dete, e começou a perguntar e revirar tudo o que estava ao seu alcance, a curiosidade inflamava seus ânimos e a deixava muito mexilhona.

Em menos de cinco minutos dentro do quarto, sobraram poucas caixas organizadas, quase tudo se encontrava mais uma vez jogado pelo chão. Um furacão com jeito de menina passou por ali e mudou o ambiente — nesse quesito, não tinha nada de anjo.

Apesar de sua sobrinha interferir no trabalho iniciado antes do astro-rei sorrir, não deixou se estressar, novamente voltou a pôr tudo em ordem, papel por papel, livro por livro, lembrança por lembrança.

E nesse novo arranjo, percebeu uma caixinha de madeira que há muito tempo havia guardado. Dessas feitas por artesãos, pintada em verniz, normalmente assemelhando-se a baús de joias.

Estava toda cheia de pó; era tanta sujeira depositada sobre a caixa que formou uma camada densa e escura, a ponto de fazer o verniz perder seu brilho. Consequência da falta de cuidado e abandono, comum a coisas aparentemente sem importância.

Sem se dar conta, ao começar a limpá-la, dispensou tempo e cuidado com muita ternura para aquela simples caixinha, carinho esse notado por todos que estavam no quarto.

Isso aflorou a indiscrição dos espectadores, que logo iniciaram as investigações a respeito da tal caixa.

A mãe de Sônia atendia por nome de Bernadete; todos os familiares e os mais chegados lhe conheciam como "D. Dete" ou simplesmente "Dete". Senhora de 71 anos, aposentada do INSS, cheia de paciência e muito educada.

Tinha os olhos castanhos claros e cabelos de mesma cor com um corte sofisticado, como dizia D. Dete, uma releitura de bob, com seus 1,70 de altura, era sim na terceira idade ainda uma mulher muito charmosa e vaidosa.

D. Dete já foi mais precipitada e ansiosa quando queria saber de alguma coisa, principalmente no que dizia respeito às suas filhas. Contudo, com o passar do tempo foi sendo moldada. Hoje, tem a certeza de que tudo que precisa saber no momento certo chegará aos seus ouvidos.

Esse estado de espírito a fez se acalmar ao perceber que sua filha não estava disposta a compartilhar os segredos envolvendo a caixinha misteriosa.

Junto à menina Rita e D. Dete, também se encontrava no quarto a irmã mais velha. Amanda tinha a mesma estatura de sua mãe, porém o tom de seu cabelo era um pouco mais claro do que o de Sônia.

Loira linda de olhos castanhos esverdeados, segundo ela, estava apenas dois quilos acima do peso, ninguém ousava contrariar.

Uma pessoa doce, mas não gostava de ouvir não, por isso, quando adolescente, houve muitas brigas entre ela e a irmã. Neste instante, porém, o respeito era mútuo e a amizade sempre crescente.

Formada em Engenharia Civil, com seus 44 anos de idade, trabalhou na empresa do sogro com seu marido, uma prestadora de serviços. Não gostava do expediente de campo, se pudesse escolher, sempre que possível preferia projetos, e como o negócio era familiar, todos concordavam com a atitude.

Mas, enfim, Rita tinha por quem puxar. Amanda também era extremamente curiosa, e sua irmã mais nova não teve como se esquivar do assunto.

Por alguns instantes, Sônia conseguiu disfarçar, dizendo:

— É apenas uma caixa que ficou sem minha atenção por muito tempo, porém sem importância nenhuma. Agora, só busco devolver-lhe o lindo brilho de sempre — explicou, tentando encerrar a questão.

Contudo, Rita, a menina curiosa, pediu para ver o conteúdo do pequeno baú, queria saber o que poderia haver de tão precioso ou especial no interior da caixinha para merecer tanto mimo.

Mais uma vez, Sônia buscou dissuadi-la, na tentativa de não precisar revelar as doces lembranças de um simples flerte.

Puxando várias caixas de papéis, cadernos e livros que ainda precisavam ser selecionados para, em seguida, depois de organizados, direcionar ao perfeito destino, falou para Amanda e sua mãe:

— Vamos organizar estas caixas. Separar a literatura de romances, dos livros das disciplinas e das apostilas da faculdade, cada um em seu devido lugar. Assim será mais fácil de escolher com qual deles devo ficar e qual posso doar.

D. Dete concordou com a filha mais nova, mas Amanda retrucou rapidamente, dizendo:

— Não vou ajudar coisíssima nenhuma se não nos falar o que está escondendo. Que segredinhos são estes que não temos direito de saber? — com um olhar extremamente cínico e zombeteiro, encarou Sônia, esperando sua resposta a respeito da tal caixa.

Rita, por sua vez, ainda uma criança, não estava à altura de fitar sua tia ou de argumentar como a mamãe acabou de fazer. Então, usou a única arma que lhe sobejava.

Repetiu as mesmas palavras, por várias e várias vezes em tons crescentes, seguindo perfeitamente uma escala de soprano infantil.

Diante de tanta insistência, não tendo como deixar o assunto de lado, Sônia se pôs a falar.

Seu estado atual estava prestes a ser tocado.

Sua dimensão interna ainda olhava para o momento de dor, mas alguns gatilhos estavam a ponto de serem disparados e suas emoções seriam transformadas ao remexer em seu passado.

III

A revelação deixou todos sem entender o motivo de tanto apreço. Na perspectiva deles, não havia motivo para guardar esse tipo de *souvenir*.

Diante dessa improvável descoberta, aos olhos dos espectadores, uma simples pergunta surgiu em coro:

— Por que guardar este tipo de lembrança?

Essa questão fez com que a sobrinha, cheia de curiosidade, implorasse para saber a resposta.

— Nada de mais — disse a loirinha à sua sobrinha. — É só uma história antiga.

— Gosto de suas histórias, tia, e tenho o dia inteiro para ouvir — Rita comentou, esperando escutar o desenrolar dos fatos.

Entretanto, sua sobrinha era apenas mais uma interessada no assunto. D. Dete e Amanda também estavam curiosas para entender as explicações. Por esse motivo, a caçula começou a falar:

— Há mais ou menos dezessete ou dezoito anos, eu trabalhava naquele Laboratório Químico próximo ao centro comercial no Portão, lembram? — perguntou Sônia. Ao olhar para Rita, sorriu e comentou:

— Você não era nascida ainda. Pois bem, nesta época, novinha de tudo, concluindo o curso de Química, não imaginava a quantidade de coisas novas possíveis para experimentar, viver, se arrepender etc.

Enfim, conheci um dos estagiários do laboratório, ele fazia um curso técnico em Química, ainda não havia concluído a formação, e ali onde trabalhávamos deu início à carreira como químico.

Celso era seu nome, nossos primeiros contatos não foram nada amigáveis, pois sabem aquela história de primeira impressão? Então, com base no que sempre gostei e detestei, analisei o caráter, a postura e o comportamento do garoto.

Diante disso, em meu ponto de vista, ele era um tremendo pateta, não o suportava. Sempre com brincadeiras infantis, piadinhas sem graça, algumas maliciosas, em minha opinião, um verdadeiro sem noção, irritante, sem precedentes — falava sorrindo ao lembrar-se do colega de quase vinte anos atrás.

— Celso tinha 1,80 de altura, na época 22 anos idade — continuou a filha mais nova de D. Dete —, cabelos escuros e lisos. Um sorriso charmoso, facilmente encantava as meninas que não eram tão exigentes. Um excelente jogador de vôlei.

Quando mais novo, ainda no ensino médio, chegou a competir em alguns campeonatos interescolares, mas lesionou o ombro em uma brincadeira em sua casa. Motivo que o fez abandonar a possível ideia de jogar profissionalmente.

Gostava de carros como a maioria dos meninos e som alto. Curtia festar em quase todas as baladas e não era um exemplo de estudante. Contudo, tinha uma facilidade enorme em aprender coisas novas.

Talvez, por captar rapidamente o que lhe era transmitido ou ensinado, não se dedicava aos estudos o quanto era necessário. Por isso, apanhou da vida por um bom tempo, até aprender a valorizar e pôr em ordem as devidas prioridades. Nesse caso, a qualificação para a sua carreira.

Logo que entrou no laboratório, apelidou o local de *labo--loco*. Pensava que todos o achavam o máximo com aquele jeitão descolado. A grande maioria até sorria com suas brincadeiras, mas depois falavam do coitado pelas costas.

Nunca compactuei com esse tipo de postura com os outros colegas e nem com a dele. Por fim, mais ou menos dois meses depois de Celso começar a trabalhar ali, definitivamente iniciou nossa história.

Estávamos conversando, entre os colaboradores da empresa, sobre vários assuntos, falamos de futebol, novela, filmes, desenhos artísticos, músicas, roupas e tantas outras coisas, e no meio do bate-papo, surgiu o tema aposentadoria.

Até esse ponto, o sem noção não havia feito nem um comentário estúpido, participava da conversa como alguém supernormal, sem nem uma piadinha, nem uma zoação, nada de palhaçada, mas não se conteve por muito tempo.

Seu Paulo Trustem também participava de nosso bate-papo. Era um senhor de 42 anos e muito experimentado na vida, casado, pai de dois filhos, um profissional altamente qualificado, tinha vindo do interior do Paraná há muitos anos.

Era ele quem acompanhava o estágio do sem noção. Contudo, também gostava de brincadeiras, que, a meu ver, nunca acrescentariam nada a ninguém.

Assim que seu Paulo falou o que gostaria de fazer logo que iniciasse seu merecido instante de inatividade remunerada, período esperado por todas as pessoas mais velhas, o estagiário mais sem graça de Curitiba voltou ao seu estado mental natural. E a pouca inteligência tomou o seu lugar em alguns momentos e comentários sem o mínimo de teor e nexo.

Até minutos atrás, aqueles bate-papos haviam sido uma roda de troca de experiências relevantes. Poderiam fazer bem a qualquer ser humano.

Lembro bem de seu Paulo falando sobre seus sonhos para o futuro.

"Vou para o sítio alimentar meus cavalos", e o lerdo do Celso concluindo com seu ponto de vista: "Vai faltar alfafa se não entrar num regimezinho", foi o estopim para os outros se soltarem e iniciarem uma espécie de depreciação zombeteira uns dos outros. Falando sério, não me agradou nem um pouquinho aquela zoação geral... Mas, o pior ainda estava por vir.

Depois que meus colegas voltaram a si, pararam com as gracinhas e deram continuidade ao assunto. Perguntaram para mim sobre como seria, ou como eu imaginava minha jubilação no auge de meus 60 anos.

Aliás, naquele momento, o governo não havia manifestado o interesse de nos fazer trabalhar por mais alguns anos. Enfim, minha resposta foi simples e objetiva, descrevi em rápidas palavras como gostaria de viver após conseguir o meu direito ao sustento do governo.

Quero aprender violão, melhorar meus bordados e também sonho em pintar aquarelas. Penso que depois de aposentada, terei tempo para todos esses *hobbies*.

Nada de mais nesta resposta, concordam? — Sônia fez a pergunta retórica à sua plateia. — Pelo menos, para todas nós que não somos acostumadas a fazer gracinhas com qualquer ocasião. Até mesmo Rita perto dele seria muito mais adulta.

Entretanto, em se tratando de Celso, o estagiário, a situação era totalmente diferente. Primeiro, não imaginei que o lerdo faria outra piadinha e muito menos com meus sonhos para o futuro.

Parecia perseguição ou *bullying*. A piadinha feita pelo palerma ficou por muito tempo atravessada em minha garganta.

Mesmo depois de muito tempo, ao lembrar desse gracejo, ainda acho ridículo. Vejam, ao concluir meu pensamento, ele olhou para mim e, com aquele cinismo no olhar, retrucou.

"Então", iniciou sua avaliação, "logo após a senhorita se aposentar, o que definitivamente pretende fazer é pintar, bordar e causar nas festas. É isso?".

Bumm, uma explosão de gargalhada novamente no ar. Todos voltaram a rir excessivamente, contudo, nesse momento, eu me sentia a trouxa da vez. A piada nem foi das melhores.

Mas — continuou Sônia —, o momento foi propício, e todos os presentes, sem exceção, zoaram do gracejo. Visto que sempre fui regrada e cuidadosa nos comentários, tendo cautela para não dar margem a imaginações medíocres, aquele foi um instante ímpar para todos. E ele me tirou do sério.

O simples ato de pintar um quadro e bordar um pano com a soma das músicas, na mente infantil do estagiário, virou conotação de fazer tudo o que tinha de mais promíscuo em baladas regadas a drogas, músicas de todos os tipos, com gente de toda espécie.

Por causa disso, não lhe dirigi a palavra por algumas semanas.

IV

— Depois desse episódio, por um pouco de tempo, ele não criou mais nenhuma piadinha, parecia outra pessoa, pelo menos comigo. Decorrido alguns dias, voltamos a conversar.

A partir de então, sempre me tratou muito bem ao me dirigir a palavra, falava com uma educação sem precedentes. Não tinha nada a ver com ele.

"Posso ajudá-la em alguma coisa, senhorita?".

Celso perguntava quando era enviado para me auxiliar. Era uma fineza causadora de espanto a todos os ouvintes.

Lógico, sempre tinha alguém disposto a tirá-lo do caminho que parecia querer seguir e o instigavam com algumas piadas indiscretas a meu respeito. Chegavam a chantageá-lo. Instigavam a tocar novamente no assunto a respeito de pintar, bordar e festar.

Contudo, depois de voltarmos a conversar, ele mostrou que, por baixo daquela aparência de *bad boy*, existia a possibilidade de ter em algum lugar um jovem interessante. Seria capaz de me agradar.

Nas semanas seguintes, tive dificuldades com uma de minhas colegas de trabalho e fiquei muito mal. Tive a impressão de todos do laboratório estarem contra mim e a favor dela.

Sabem aqueles momentos ruins em que parece que ninguém vê seu esforço, dedicação e empenho?

Um tempo depressivo, angustiante e muito tenso, não desejo a ninguém, sai pra lá. Só de lembrar, me faz mal.

Entendem? Aqueles dias cinzas, que, apesar de ter tudo o que queria e estar caminhando nos trilhos planejados, seguindo o seu passo a passo, mesmo assim, algumas situações externas nos levam a querer somente ficar na cama.

Pois bem, eu estava numa fase dessas nesse momento.

E nesse instante, quem apareceu para me animar?

Perguntou Sônia às três mulheres da plateia.

Adivinhem só? O estagiário observou quando saí de uma reunião com minha colega Fam e o diretor-geral D.G. Alex Silva. Fam era como todos a chamavam. Seu nome era Fátima.

Fam era uma profissional extremamente competente, tinha 32 anos, formada em Farmácia, tinha especialização em manipulação, além de outros cursos da área, mas para mim era uma víbora geniosa, e nossos santos não se bicavam.

Posso pontuar, não agi de maneira tão dócil quanto gostaria. Mas, isso somente em algumas situações. Contudo, no que se refere a ela, era uma pessoa muito difícil de lidar.

Quanto ao Alex, não há muito o que falar, enfim era o D.G., tinha 35 anos de idade, deveras qualificado para a função, tinha mestrado na área e estava pleiteando uma vaga de doutorado em Química.

Dava aula em duas universidades à noite e era uma pessoa de um bom coração. Mas, tinha uma queda enorme pela Fam, e isso me deixava sempre fula da vida.

Toda e qualquer decisão tomada parecia favorecer sua preferida. Fam se defendia, afirmando que todos estavam vendo coisa de mais, e ainda assegurava o tratamento dirigido à sua pessoa como o recebido por qualquer um dos outros colaboradores.

No entanto, o cenário era óbvio demais. Sua fala, sim, se tratava de uma tremenda mentira, e ela se aproveitava da situação sem o mínimo de pudor. Contra isso, não havia como concorrer.

Assim sendo, logo que o D.G. encerrou aquela indignante, decepcionante e frustrante reunião, saí dali arrasada, sem saber o que fazer e para onde ir. Nesse angustiante momento, o estagiário Celso percebeu as nuvens negras pairando sobre minha cabeça.

Mesmo percebendo o estado de fúria explícito em meu rosto, o nervosismo em minhas trêmulas mãos, além da possibilidade de um tratamento rude depois de sair da sala batendo os pés, ele tentou me fazer sorrir.

"Cara feia para mim é fome, é o que minha mãe sempre diz!", foi o comentário de Celso.

A meu ver, naquele garoto, não havia um mindinho de noção sobre semblante revoltoso. Contudo, não explodi, não sei como, me mantive calada.

Naquele momento, não pretendia falar com ninguém depois da reunião para não machucar ou magoar quem não tinha culpa de minha raiva.

Pela primeira vez, não consegui dar uma resposta para alfinetá-lo. Eu precisava olhar para mim. Penso que acertei no ato silencioso e reflexivo.

Não sei dizer por quanto tempo ele ficou parado a meu lado, mas imagino que foi um longo período. Permaneceu quieto me olhando, enquanto eu viajava em um mundo sombrio, revoltada com uma infinidade de coisas e situações envolvendo o ambiente de trabalho.

Estava à beira de um colapso nervoso, pronta para explodir, quando percebi alguém olhando fixamente em minha direção. Tão próximo a ponto de me fazer sentir seu calor sem me tocar, isso me fez despertar.

Dessa forma voltei de minha viagem interior. De novo contemplei aquele sorriso cínico em seu rosto, e em seguida, ele brincou mais uma vez.

"Percebo que realmente você está com fome", fez mais uma vez sua observação, com uma leve pausa e continuou.

"Seu rosto é muito mais meigo, sua expressão é fartamente mais leve, e isso a deixa completamente linda e maravilhosa", no instante em que afirmava sua mão foi sendo esticada em minha direção e desse modo ele concluiu.

"Alimente-se, vai fazer bem a você, aproveite este instante e sorria, acredite, tudo vai ficar bem", e o garoto concluiu dizendo: "Sorria, Soninha!".

Foi a primeira vez que ele me deu uma barra de cereal, e sem perceber, fui misteriosamente desarmada. Nesse momento, para satisfação de Celso, um leve sorriso apareceu em meu rosto.

A lembrança de um momento marcante em sua vida era um gatilho importante para a recuperação de que tanto precisava. Sem perceber, a gerente comercial passava agora por uma sessão de terapia em família e seu estado de espírito começava a ser mudado.

V

— Na manhã seguinte, o clima ainda estava muito tenso, pelo menos para mim — Sônia continuava a narrativa. — As coisas não caminhavam como deveriam, e Fam, como sempre, estava se achando por ter a seu lado o D.G.

Apesar disso, mesmo me sentindo dilacerada, continuei me empenhando. Afinal de contas, daquele lugar saía o "dim-dim" para custear todas as minhas despesas.

Como D. Dete sempre a ajudou, não entendeu esse fato pontual. Com isso, alinhou a coluna, posicionou ambas as mãos às pernas e franziu a testa, como quem diz "Explique-se, menina". A caçula entendeu perfeitamente a expressão de sua progenitora e rapidamente esclareceu seu tristonho comentário.

— Não me entenda mal, mamãe — disse a menina. — Sei o quanto a senhora e o papai sempre estiveram à disposição para me ajudar. Mas precisava saber como era ter as rédeas de toda a situação em minhas mãos.

Por isso, já havia feito planos de como queria meu futuro e tracei metas e objetivos para alcançá-lo. Vocês já tinham feito tudo o que precisava para conquistar, e me encontrava satisfeitíssima e muito agradecida com isso.

Tendo alinhado as coisas com sua mãe, Sônia precisou continuar relembrando aqueles dias. Rita, a menina sapeca, estava irrequieta, querendo ouvir toda a história.

— Continue, tia, não pare, por favor — insistiu a menina, envolvida com as memorias da tia.

— Apesar de me esforçar para fazer tudo da melhor maneira possível — a loira iniciou novamente o relato —, o sentimento de angústia me desgastava totalmente. Sentia algo muito forte, uma sensação de sufocamento, aperto no peito e, por vezes, tive falta de ar. Definitivamente, não era um bom dia.

Não desejo esse nível de tristeza para ninguém, Deus me livre!

Acreditem no que vou dizer; até dois dias anteriores àquela situação, apesar da evolução do estagiário, não conseguia pensar nele como uma pessoa com quem outro ser pudesse desabafar, chorar nos ombros ou pedir conselhos.

Aliás, para esse último, com certeza, de maneira alguma o recomendaria. Contudo, naquela oportunidade, Celso, pela segunda vez, me surpreendeu.

Por ser aprendiz, seu horário era diferenciado. Os funcionários contratados em regime de CLT tinham a obrigação de bater o cartão até às 8 da manhã. Entretanto, os estagiários normalmente entravam às 9h.

Quando o garoto chegou, cumprimentou um a um e, em seguida, dirigiu-se em minha direção. Percebi que estava se aproximando, havia me familiarizado com seu modo de andar, pois já fazia algum tempo que estávamos trabalhando no mesmo setor.

E ao adentrar o local, me saudou com um simpático "bom dia".

Educadamente, respondi e perguntei como ele estava. Sua resposta foi um simples sorriso. Em seguida, discretamente colocou à minha disposição mais uma barra de cereais. Porém, dessa vez, acompanhada de um envelope.

Sinceramente, aquela atitude me deixou desconcertada, e mesmo naquele momento, em que um turbilhão de emoções negativas mexiam com meus sentimentos, um mimo daquele me fez mudar o foco e vislumbrar um dia um pouco melhor.

— O que havia dentro do envelope? — perguntou Rita, ansiosa para saber o fim da história, e rapidamente interrogou mais uma vez. — E qual era o sabor da barra de cereal? — Em seguida, conclui lambendo os lábios —Adoro barras de cereais, as de sabor de chocolate são minhas preferidas.

Amanda ralhou com sua filha.

— Fique em silêncio, menina; caso contrário, sua tia não conseguirá terminar toda a aventura.

—Tudo bem, mãe, é só curiosidade—respondeu Rita com seu jeito moleca de ser.

Sônia, D. Dete e Amanda sorriram ao ver a menina inquieta, com enorme interesse em ouvir o fim do conto da tia. Estava estampado em seu rosto. Só depois voltaria a brincar.

Sendo assim, como o relato ainda não havia sido dado por terminado, a pequena acomodou-se novamente no *puff* lilás que a vovó havia comprado e deixado no quarto da filha mais nova há um bom tempo, e esperou calmamente pelo fim do enredo.

—Também fiquei curiosa para saber o que continha dentro do envelope — revelou a loirinha, continuando o caso. — Dessa forma, discretamente deixei o local onde estava, pronta para fazer a manipulação de outras substâncias aromáticas com ervas e tudo mais exigida pela fórmula, e fui a um lugar só meu.

Tempestade!

Oi, tempestade, espero que hoje esteja melhor.

Ontem foi um dia daqueles para você, né? Fiquei muito preocupado.

Por isso, resolvi escrever estas poucas palavras com o objetivo de mostrar que é especial, competente e muito profissional.

Por favor, lembre-se das pessoas que te admiram neste lugar e, por isso, sempre estarão a seu lado.

Mas, acima de tudo, a intenção destas linhas é tentar, de alguma forma, fazê-la sorrir.

Sendo assim, inicio este texto trazendo uma definição simplista sobre valor[2]. Dentro do campo filosófico, valor é uma qualidade dada às coisas, aos acontecimentos ou às pessoas. Também pode ser visto como

---

[2] Valor é uma qualidade dada às coisas. AGATTI, Antonio Pascoal Rodolfo. *Os Valores e os Fatos: O Desafio em Ciências Humanas*. São Paulo: Ibrasa, 1977. (Biblioteca Psicologia e Educação, 87).

uma valorização ética ou estética correspondida a cada caso e que pode ser negativa ou positiva.

E daí? Você pode perguntar, aonde quero chegar. Pois bem, meu lindo cartão postal é minha vez de tentar fazê-la pensar.

Por que está tão sentida com o que ouviu ontem?

O conceito de valor insinuado pelos dois energúmenos a seu respeito não a define nem de longe.

Quanto ao seu profissionalismo? Só um péssimo gestor não enxerga o quanto você rala pra fazer este setor caminhar como um relógio.

E por fim, a opinião da dupla, no tocante à sua competência e determinação, também tem peso zero, palavras saídas de seus lábios.

À vista disso, por que razão ficar remoendo e se martirizando com o ponto de vista dos outros no tocante ao seu profissionalismo, know-how e sua maneira de ser? Bola pra frente, esqueça o episódio, joga no lixo o que a faz mal, e já era.

Faça um favor pra você, pense nas seguintes situações.

Já diria certo provérbio, as pessoas apenas jogam pedras em vitrines bonitas e árvores cheias de frutos, porque estão cheias de inveja dos frutos da tal árvore e do brilho que a vitrina proporciona e as ofusca.

Por isso, acredite, seu profissionalismo, sua competência e seu caráter incomodam, pois desejam ser igual, fazer igual ou ter igualmente o que você tem.

Portanto, valorize-se, sabendo quem você é, e não dê ouvidos a palavras dos outros a seu respeito. O que lhe define está dentro de você, e você sabe disso. Pois é uma expert em sua área.

Lembre-se de olhar para quem a admira, conte conosco. Tirando a dupla, logicamente.

Seu Paulo, este que vos escreve e os demais do 'labo-loco' queremos apenas vê-la feliz. Portanto, lembre-se, a vida já foi comparada a infinitas coisas, como táxi, vagões de trem, aviões etc.

A nossa, em particular, pode ser comparada com uma lotação, sendo assim, olhe ao redor, veja quem quer o seu bem e deixe-se aproximar.

Queremos fazer-lhe companhia por toda esta viagem enquanto estivermos juntos e gostaríamos muito de ver seu sorriso.

Se você quiser, posso tocar no assunto, pintar, bordar e fazer muita festa? Brincadeirinha.

Em tempo:

Sorria, este é o sorriso mais lindo que já vi. Tenha um excelente dia e até mais.

De seu colega.

Eu!

— Fiquei extasiada com a carta — confessou Sônia. — Ele já havia mandado alguns *e-mails*, porém nunca com aquele teor de amadurecimento. Parecia um cronista escrevendo, imaginei mil coisas, tive vontade de correr abraçá-lo, mas, por via das dúvidas, acalmei meus ânimos.

Foi muito bom ler aquelas linhas. Em algumas ocasiões, é importante ouvir dos outros conceitos bons a seu respeito.

Cobranças e mais cobranças, por vezes, jogam você no fundo do abismo sem dar oportunidade de crescimento, seja pessoal, social ou profissional.

E quando surge alguém o valorizando, parece estranho. Não estamos acostumados a esse mimo, mas com certeza faz muito bem para o ego, principalmente em dias ruins.

Antes de continuar, preciso justificar a assinatura. Normalmente, ele não assinalava seu nome, apenas o pronome pessoal.

"A identificação estava no topo do *e-mail*, indicada pela preposição de procedência de", era sua alegação. Enfim, tivemos uma excelente semana — confidenciou a caçula de D. Dete.

Sônia acabara de dar mais um passo rumo à sua restauração emocional. Cada momento revivido trazia-lhe novo ânimo, facilmente percebido em sua face. Mas, ela ainda precisava caminhar um ciclo inteiro para se sentir segura.

VI

— O estagiário manteve-se por um longo período como um verdadeiro *gentleman* — Sônia continuava a narrativa. — O laboratório parecia um joalheiro lapidando um diamante. Eu disse, parecia.

Quanto a mim, fiz um acerto interno com meus neurônios, consciência e aptidão, e continuei trabalhando com afinco para atingir meus objetivos.

— Espere aí! — interferiu Rita, com um olhar e uma carinha desconfiada, como se a tia estivesse pulando alguma parte importante da história. Perguntou ela:

— Por que ele escreveu "oi, tempestade?" — enquanto falava, gesticulou as aspas com as suas mãos como fazem os adultos. E os mais velhos sorriram com a pose e a pergunta da menina.

Diante dessa interrupção, a titia sentiu-se obrigada a satisfazer a curiosidade da sobrinha. Por um instante, interrompeu sua linha de raciocínio e voltou a falar um pouco mais do lado sarcástico de Celso, o garoto da carta.

— Nunca fui mal-educada; contudo, em tempo algum achei graça em brincadeiras infantis.

No entanto, meu amigo era o maior dos brincalhões, e isso constantemente me deixava indignada. Em quase todas as suas frases existia umas piadinhas ou zoação. Por causa disso, eu vivia dando bronca naquele moleque.

Porém, para algumas pessoas não há lição de moral capaz de resolver, e Celso era uma dessas.

Bem — continuou Sônia —, em um dia de muita chuva e trovoadas, dias anteriores à carta e tudo o mais, estávamos reunidos no refeitório logo após o almoço, aproveitando o horário merecido para descanso antes de voltarmos ao trabalho.

Falávamos sobre filmes, sabe aquele momento *nerd*? — pontuou Sônia, e percebendo que Rita era muito nova para ter aprendido o conceito, explicou em rápidas palavras. — Os *nerds* são pessoas comuns que gostam de filmes, histórias em quadrinhos etc...

Pois bem, no dia anterior, havia passado o filme dos *X-Men*[3], e nesse momento pós-almoço, conversávamos sobre os personagens, falamos sobre os mais poderosos, os emblemáticos, enfim, quase todos deram suas opiniões *nerds*.

No meio da conversa, o lerdo do carteiro resolveu fazer a comparação de minha personalidade nada brincalhona com a personagem "Tempestade" do filme. E por causa de sua narrativa, todos acabaram concordando. Menos eu, é lógico.

O adolescente era impossível. Ele afirmou assistir a raios e trovões saindo de meus olhos depois de suas brincadeiras. Com gestos espalhafatosos, cheios de palhaçadas e barulhos imitando raios, relâmpagos e trovões, todos os presentes caíram na gargalhada.

Mais uma vez, eu estava pronta para explodir. Contudo, para não deixá-lo como senhor da razão, dessa vez me contive e apenas olhei em sua direção. Ao perceber minha tentativa de autodomínio, rapidamente insinuou a todos da sala:

"Não sei como está se controlando, duvido que não esteja pensando em como e quando irá se vingar, olhem o olhar da menina. Já, já uma nuvem negra irá pairar sobre sua cabeça e raios e trovões aparecerão", caçoou o pirralho, apontando em minha direção.

Era como se o estagiário tivesse lido minha mente. Sendo assim, mais uma vez, para não deixá-lo sentir-se uma autoridade no caso, engoli em seco toda aquela indignação, e simplesmente sorri.

---

[3] *X-Men* – série de filmes americana baseada na equipe homônima criada por Stan Lee e Jack Kirby.

Depois disso, por um bom tempo me chamou por esse codinome. Acabei acostumando, afinal de contas, se mostrasse algum tipo de irritação, poderia piorar a situação. Por essas e outras, desisti de contrariá-lo.

— Ele colocou mais algum apelido na titia? — Rita interviu sorrindo, querendo brincar com Sônia.

— Lamentavelmente — devolveu a caçula dos Duarts —, esse não foi o único apelido dado a mim por aquele incorrigível.

Naqueles dias, quando trabalhava ali — continuou a falar sobre o período de aventuras no laboratório —, em uma semana entre agosto e setembro, não lembro perfeitamente. Mas, eram meses de frio. Não estive muito bem de saúde e precisei ficar por quatro dias de cama, em casa.

O garoto resolveu mandar uma mensagem; se não estou enganada, foi seu segundo *e-mail*. Era um texto muito educado, simples, curto e objetivo. Mas, gostei da preocupação mostrada nas poucas linhas, e gentilmente respondi.

Também está guardado aqui, vou ler pra vocês, ouçam:

Oi, menina brava!

Está tudo bem com você?

Faz alguns dias que não a vejo e me preocupei.

Caso precise de alguma coisa ou se precisar, estou aqui.

É só chamar, ligar, ou mandar um sinal de fumaça. Mas, por favor, não me peça dinheiro, é claro.

Pois se esse for o caso, nós dois estamos com problemas! (risos).

Você faz falta, viu? Acredite!

Antes que a memória venha trair-me, um pedido:

Não se esqueça de sorrir! (Risos).

Beijos!

Ass.: Eu.

Como eu estava dizendo — prosseguiu a loira —, gostei muito de receber aquele *e-mail* e decidi responder. Reconheci que sentia saudade de todo pessoal, do local dos almoços regados a muito bate-papo, e até mesmo de algumas brincadeiras feitas por ele.

Antes de enviar o *e-mail*, me deparei com uma situação ridícula, hilária e muito cômica aqui em casa. Isso fez lembrar do rapazote, e acabei dando linha pra pipa.

Refiro-me a um dia que você trouxe seu namorado aqui — falou Sônia, apontando para Amanda. — Os comentários dele eram semelhantes aos do estagiário, e comparar um com o outro me fez rir bastante. Mesmo assim, o garoto ignorou o que escrevi a respeito de seu pai, Ritinha, e no dia seguinte, recebi outro *e-mail* com mais um cognome.

Escutem este aqui:

Oi! Tudo bem, loirinha? Ou melhor, "telepata"!

Francamente, agora me deu medo, Ai! Ai! Ai! — escreveu ele — *Pensar que você tem o poder de conhecer meus pensamentos! É intenso e confuso, além de ser demais para mim!*

E a zoação continuou:

Sempre imaginei a senhorita com algum poder sobrenatural. Mas, até receber seu e-mail, no máximo a relacionaria com a personagem "Tempestade", ou com o clima de Curitiba e região.

Mais ou menos assim:

Pode amanhecer um maravilhoso dia de Sol. No entanto, deve-se ficar atento, o tempo pode mudar a qualquer momento, e raios e trovões podem aparecer no decorrer do período, nada a ponto de tirar sua beleza, é claro!

Diante disso, a possibilidade depois de o tempo fechar é um "coice" bem dado. Pode deixar um pouco roxo e dolorido, mas nada que não cure com o tempo, não é? Isso a gente tira de letra (Risos)!

Bem, voltando ao assunto: seus poderes.

Agora você se revela como a poderosa Jim...

Realmente, devo me cuidar.

Não porque irá enxergar, ver ou ler alguma coisa de anormal ou fora da casinha em minha mente, é razoável que não, afinal nunca me revelei dessa forma, mas sou mais ou menos um anjo (Risos).

E como tal, os pensamentos quase sempre puros. (Risos)!

Então, pode ficar tranquila.

Dentro desta cabecinha, dificilmente irá se assustar (eu espero, é claro)!

Enfim, por hoje chega de bobagem.

Quando estiver com coragem, pode vasculhar essa mente, você está liberada. E para encerrar, se cuida, tenta conseguir um atestado longo para recuperar completamente sua saúde e não se esqueça de sorrir, isso é um excelente remédio.

Ass.: Eu.

VII

— Posso afirmar com certeza — retomou Sônia —, depois desses *e-mails*, nossa relação se intensificou um pouco mais. Ele realmente me cativou com algumas de suas atitudes e, vez por outra, ainda existiam as barras de cereais.

Diante disso, imaginei alguns conselhos de boas maneiras. Caso ele melhorasse, poderíamos sonhar com algum futuro.

Rita não acompanhou o raciocínio da tia, por isso ela não era um problema. Mas, a loirinha achou melhor se explicar diante dos olhares incrédulos de sua irmã e sua mãe.

— Sei que parece estranho ouvir isso num primeiro momento. No entanto, era apenas vontade de ajudá-lo, e assim seria muito mais prático se estreitássemos a relação, não acham?

D. Dete e Amanda não conseguiam acreditar no que acabaram de escutar. E apesar disso tudo ter acontecido há muito tempo, não foram capazes de ficar em silêncio ouvindo o absurdo vindo da pequena Sônia.

As duas falaram por alguns minutos com a caçula como se a história estivesse acontecendo neste momento. Uma bronca e tanto a mais nova ouviu e, por isso, depois de alguns minutos, Rita questionou:

— Por que vocês estão brigando com a titia?

Amanda e sua mãe olharam ao mesmo tempo para a menina. Logo em seguida, os olhos das duas voltaram-se para Sônia, e quando seus olhares se cruzaram, caíram em uma estrondosa gargalhada.

Rita, apesar de ser contagiada por aquela explosão de alegria, não entendia nada da situação, pois há um minuto atrás as duas estavam brigando com sua tia, e agora choravam de tanto rir.

— Não me critiquem, por favor! — desculpou-se a pequena Duarts assim que conseguiu se recuperar das risotas, porém um tanto desenxabida. — Não obtive êxito algum no processo, era irremediável a situação de Celso e precisei aceitar a situação.

Depois que o clima voltou a seu estado normal, mesmo após Sônia haver explicado o motivo, Amanda quis saber como a caçula tentou ajudar na evolução de seu amigo.

— A razão você já escancarou; contudo, não explicou os métodos. Sendo assim, não quero ser indiscreta, mas é possível revelar o passo a passo para educar, digo ajudar, seu futuro pretendente?

— Sei que fui muito arrogante — confessou a pequena. — No entanto, coloquem-se em meu lugar. Respondam, como eu deveria me virar nessa situação?

Ficava pensando comigo mesma. Já imaginou se esses sentimentos amadurecem? Como inseri-lo em nossa turma? Como seriam nossas viagens em família? Como levá-lo à casa de meus pais?

Tinha certeza de que papai iria odiá-lo. Por isso, decidi investir da seguinte maneira no garoto.

Os primeiros passos foram incentivá-lo a ler, nisso acertei. Foi a única dica levada a sério por ele, no restante, como já dito, não obtive êxito.

O segundo detalhe idealizava seu modo de pensar. O que pensa, o que ouve e com quem ouve. Se ele passasse a ouvir e consumir a cultura na qual vivia, poderia deixar de ser aquele moleque de brincadeiras sem noção.

A última e derradeira tentativa frustrada foi tentá-lo afastar de seus amigos sarristas, pois o provérbio "diga-me com quem andas e te direi quem és" servia como luva para toda a sua turma.

Confesso, estou aliviada por ele não ter mudado. Refletir sobre a atitude tomada na época leva-me aos antigos contos infantis com velhas bruxas. Alguém surge para me fazer sorrir, e minha proposta é mudar sua maneira de ser. Isso realmente foi trágico.

Perdoe-me, mamãe, perdoe-me, Amanda, deve ser decepcionante saber isso tudo. Contudo, não tem jeito de retornar ao passado e mudar essas ações. A única maneira de voltar no tempo ainda é por meio de nossas lembranças, e estou fazendo isso agora, tentando também me perdoar.

É muito triste pensar assim, mas quase todo mundo tem, num período da vida, um passado vergonhoso. E esse, indiscutivelmente, foi um dos meus.

Por fim, depois de alguns meses, meu *crush* enviou-me outro *e-mail*, fazendo desabar de uma vez toda aquela expectativa egoísta.

O texto não deixava nem uma dúvida. O cerne de Celso era daquela maneira, e eu não tinha energia para concorrer com isso.

Ouçam...

Oi, telepata, tudo bem?

Faz horas que não te mando nem um e-mail, por isso hoje, sexta--feira, decidi tecer algumas linhas para você não esquecer desta pessoa aqui do outro lado.

Encontrei algumas frases na internet e trouxe com a intenção de fazê-la relaxar. Não fique brava, lhe quero muito bem, tenho você como meu copo ou minha pipeta volumétrica.

Olhando para você, não vacilo.

Portanto, divirta-se e tenha um excelente fim de semana.

Entenda o seguinte:

— A humildade e a modéstia são virtudes necessárias, e só pessoas com genialidade acima da média como eu percebem isso[4]!

Entenda também:

— Sabia que somos a média das cinco pessoas com quem mais convivemos[5]? Então, tenho uma dica para você. Encontre mais quatro pessoas como eu, e alcançará a maior média do mundo.

Calma:

— Controle, equilíbrio e meio-termo, é o que toda pessoa sensata deve ter para viver bem, caso você perca o seu, pode ser problema no labirinto, aconselho parar de beber e viva melhor (risos).

Preste atenção nesta, é muito importante:

— Para alcançar seus objetivos, basta sonhar. Então, não perca tempo, largue tudo o que estiver fazendo e vá dormir[6].

— Saiba que sou seu amigo para todas as horas: se você chorar, eu choro. Se você rir, eu rio. Se você se jogar da janela, continuarei rindo[7].

E aí, consegui atingir meu objetivo?

Sorria, este é o sorriso mais lindo que já vi.

E um grande Beijo!

Ass.: Eu.

---

[4]   Extraído do site https://www.frasesengracadas.com.br/frase/a-humildade-e-a-modestia-sao-virtudes-necessarias-e-so-pessoas-com-genialidade-acima-da-media-como-e/973/.

[5]   Jim Rohn – palestrante, consultor.

[6]   https://www.ipiadas.com.br/frases/engracadas/para-alcancar-seus-objetivos-basta-sonhar-entao-nao-perca-tempo-largue-tudo-que-estiver-fazendo-e-va-dormir.

[7]   https://www.frasesengracadas.com.br/frase/se-voce-chorar-eu-choro-se-voce-rir-eu-rio-se-voce-se-jogar-da-janela-continuarei-rindo/527/.

Depois desse *e-mail* maduro, entendi. Não adiantaria lutar com essa mente infantil e cômica, ele teve a capacidade de ir à internet e perder algum tempo escolhendo frases ridículas só para me irritar. Isso foi o cúmulo.

Entretanto, o pior para mim, nesse momento, foi me pegar rindo. Não admitia isso de jeito nenhum.

Estava muito brava e indignada, e talvez por isso sofri um acesso de riso ridículo. Nunca imaginei me divertir com tanta besteira, mas aconteceu. Também jamais confessei a ele, não iria dar o braço a torcer de jeito nenhum.

Meu *crush* era um verdadeiro sem noção, e eu não suportava isso.

VIII

— Semanas se passaram após esses *e-mails*, a situação com o DG e a Fam — Sônia seguia com a aventura. — A vida continuava, e vez por outra me surpreendia ao saber do garoto lendo algum livro indicado por mim.

Fiz uma lista de leitura baseada no perfil do pirralho. Ele aderiu à ideia de melhorar seu vocabulário, sua maneira de pensar e quiçá a visão de mundo.

Contudo, literalmente continuava sendo o mesmo, sua essência era irrecuperável, uma causa perdida, a meu ver. Vou explicar.

Certo dia, estava me sentindo muito bem. Acordei disposta, sem preocupação nenhuma e me dirigi ao trabalho bem relaxada. Por isso, ao sair de casa, não me preocupei com o guarda-roupa. Não olhei combinação de roupas, sapatos e adereços.

O fato de saber que, nessa data, os afazeres seriam internos trouxe-me um tempo de tranquilidade.

Não raras vezes precisávamos realizar trabalhos fora do laboratório, principalmente quando necessitávamos de insumos para produção de nossa matéria-prima.

Esses insumos, normalmente ervas, eram encontrados em uma fazenda mantida muito próxima à mata atlântica. As substâncias extraídas daquela propriedade deixavam os produtos do laboratório com uma qualidade ímpar no mercado.

Mas, como eu estava dizendo, tínhamos conhecimento de que o trabalho seria interno. Enfim, ficaríamos o dia todo trancados dentro da empresa; sendo assim, não me preocupei com minha vestimenta.

E como uma pessoa normal, segui minha rotina matinal, muito tranquila, como alguém que não deve nada a ninguém, e esse foi o deslize.

Acabei esquecendo da visão ímpar, cômica e desconcertante de meu colega estagiário. E cheguei no laboratório com meu agasalho de *plush*.

Lembra, mãe? Aquele agasalho marrom com rosa? — perguntou Sônia a D. Dete, que estava sorrindo ao ouvir o relato da filha. A pequena continuou com a seguinte afirmação — Adorava aquela roupa. Contudo, se arrependimento matasse, já estaria há muito tempo a sete palmos abaixo da terra.

Eu me sentia bem, muito bem mesmo; até aquele momento, me encontrava muito confortável, tranquila e em pé, encostada a um dos armários de aço daqueles com quatro gavetas. Em todo escritório tem.

Enfim, nesse instante, estava tomando meu iogurte e trocando algumas experiências com o pessoal. O trabalho encontrava-se em ritmo lento, já tínhamos feito quase tudo o que o dia pedia.

E de repente, quem entrou no recinto?... O estagiário.

Aliás, ele chegou atrasado nesse fatídico dia, cumprimentou a todos da sala, um por um, parecia um desses políticos de época de campanha eleitoral, brincou com todos, sem exceção, e quando chegou em mim, sinceramente, não esperava por tal observação.

Em classe de aula de ensino médio, tudo bem, mas não ali no local de trabalho.

O doente mental me encarou de alto a baixo e perguntou com aquela cara cínica como somente um debiloide poderia fazer.

Mais ou menos assim:

"Oi, Jim", assim me saudou, "tudo bem com você?".

"Sim, eu estou ótima", respondi inocentemente, sem perceber qual seria o comentário seguinte.

"Então, por que veio trabalhar de pijama hoje? Não está tão frio em Curitiba!", finalizou o leviano com aquele sorriso sarcástico.

Fiquei vermelha na hora, senti meu rosto corar, e todos, sem exceção, riram. Sem controle nenhum, raios e trovões saíram de minha boca. Encontrava-me muito brava, quase fora de mim, e ele caiu na gargalhada, isso me deixou mais fula da vida ainda.

"Você é um moleque sem graça, por que não cresce?".

Foram as últimas palavras daquele momento. Sempre me fecho quando fico brava, vocês me conhecem, e apesar de sentir um enorme aperto em meu coração, fiz de tudo para tentar evitá-lo e afastá-lo de minha vida.

Por uma semana, consegui; depois disso, novamente recebi outro *e-mail*.

Oi, "Jim"

Me Perdoe!

Não quis entristecê-la, não seja rancorosa, isso não combina com você. Já faz uma semana, e estou com saudades de seus exagerados argumentos corretivos.

Não tive intenção de magoá-la, apenas de fazer sorrir. Sei que não devo me divertir à custa dos outros, porém você conhece o ditado. Perde-se o amigo, mas nunca a piada (risos).

Isso tudo é brincadeira, sua amizade é muito importante, não quero perdê-la. Gosto de seu jeito, de suas explicações, até me acostumei com sua neurose perfeccionista.

Você é especial, e eu só tenho a crescer estando ao seu lado, por isso, mais uma vez, lhe peço perdão, nossa amizade é muito preciosa.

Coisa linda, escrevo para reforçar o quanto a admiro. Deixo esse pensamento de Chico Xavier para você refletir.

"A alma corajosa não é aquela que se dispõe a revidar o golpe recebido, e sim aquela que sabe desculpar e esquecer[8]".

---

[8] Crédito – Chico Xavier.

Amiga igual a você não EXISTE!!!

Te adoro.

Tenha uma excelente semana.

Já confessei que você é minha pipeta? Sua paciência, integridade e sabedoria me fazem bem.

Durma bem e sorria, você tem o sorriso mais lindo que já vi!

Um beijo no coração, com muito carinho, de seu amigo que tanto lhe quer bem!

Eu!

Partindo dele, não imaginaria um pedido de perdão melhor do que esse; sendo assim, no dia seguinte, lhe devolvi o "bom dia" quando chegou. Em troca, ganhei mais uma barra de cereal.

A essa altura já sabia, ele não demoraria a aparecer com outra de suas piadinhas. Sendo assim, tentei me preparar e antecipar as suas brincadeiras. Por algum tempo, deu certo.

Vivíamos um relacionamento entre tempestades e calmaria. Havia os dias dos habituais gracejos, porém, em outros, ele se deixava levar por lampejos de um cavalheiro e me tocava com os dotes de um poeta principiante.

Esse morde e assopra não raramente me deixava louca da vida. Meu emocional não estava pronto para isso. D. Dete nunca me avisou sobre relações com este perfil.

— Também não fui preparada para viver esse tipo de aventura, filha — retrucou D. Dete. — E confesso, está muito divertido escutar suas memórias.

Sônia ouviu o comentário de sua mãe e também sorriu. Aliás, muito antes de sair em direção ao seu ápice profissional, havia aprendido com D. Dete sobre os imprevistos da vida.

"Cada uma das duas", aconselhava D. Dete, "terão suas histórias, experiências e aprendizado, assim como eu vivi e todo ser humano experimenta.

Por mais preparadas e cheias de orientação para enfrentar a tudo e a todos, alguns momentos serão ímpares e singulares, serão únicos.

Cada um deles terá o objetivo de lapidar habilidades, despertar o potencial e estimular o crescimento pessoal.

Serão oportunidades somente de vocês, aprendam, cresçam e amadureçam." Frisava a mãe há quase vinte anos.

Todas essas recordações começavam a mudar o ânimo de Sônia, e ela ainda tinha muito para contar.

IX

— Mais alguns dias se passaram, e nossa convivência caminhava muito bem. Todas as manhãs ele chegava, cumprimentava a todos e, em seguida, iniciava seus afazeres.

Nunca deixou de executar qualquer coisa para ficar de brincadeira. Nesse sentido, era um excelente profissional, responsável, comprometido e cheio de garra.

Se não sabia algum procedimento, não tinha a menor vergonha de deixar bem claras sua falta de conhecimento e a vontade de aprender.

Seu Paulo sempre usava a seguinte expressão: "Com o Celso não tem tempo ruim", por isso, até mesmo o D.G. gostava do garoto. Enfim, todos admiravam sua disposição, vontade e ousadia.

Contudo, logo após o término de seus afazeres, a situação com o menino se transformava. Ele entrava no modo jardim de infância, e, sem exagero, tudo era possível.

Alguns dos rapazes da logística o provocavam, incitando a cometer certas loucuras. E como não sabia, ou não queria dizer não, situações tremendamente estúpidas aconteciam.

Luiz Cezar era o mais velho do setor de logística. Casado, pai de três crianças e sem medo de errar, um homem muito inteligente, profissional e conhecedor profundo do seu ofício. Tinha dez anos na casa, também era muito divertido, mas não tinha a audácia de Celso.

Sidney era o mais novo do setor, tomava conta das entradas e saídas de material. Com quase cinco anos de empresa, adorava a correria do laboratório. Uma pessoa extremamente organizada, competente, além de pai de família e fanático por futebol. Muito mais sério que os outros dois. Porém, quando se achava em dia de furacão, o melhor a fazer era não deixar ele e Celso juntos. Seriam capazes de destruir a empresa.

Imaginem a cena, em uma tarde ensolarada, um balde com água foi instalado sobre a porta de acesso do corredor dos vestiários.

Quando o balde achou seu rumo, dona Zilda, a faxineira, ficou furiosa, fez o maior estardalhaço e exigiu do D.G. uma imediata providência.

Acusou categoricamente meu amigo como mentor intelectual do fato. Celso, por pouco, não acabou sendo desligado da empresa, afinal era um simples estagiário.

O que o salvou foi o fato de ele ter passado um bocado de tempo ajudando o chefe com seus afazeres. Sendo assim, quando foi apontado como culpado, seu álibi era perfeito.

Quanto aos outros, eram funcionários antigos, e naquela ocasião, ainda não havia sido implementada a cultura de câmeras de monitoramento, por isso ninguém foi punido rigorosamente; digo isso, porque todos os três precisaram assinar uma advertência.

Todos sabiam de que se tratava de uma criancice dos três, porém ninguém tinha como provar. Até hoje ninguém sabe quem foi o idealizador do banho no corredor.

Surgiram apostas para que isso fosse desvendado, transformou-se em uma espécie de folclore do 'labo-loco' falar do que aconteceu. Quando os três estavam juntos, não tocavam no assunto e, para continuarem fiéis uns aos outros, não se acusavam, eles eram um terror.

Isso não foi a única loucura a acontecer ali. Também brincaram com balões cheios de água, deram nó em roupas molhadas, sem contar as músicas ridículas. Coisas de crianças crescidas.

Foi um tempo divertido, sem *stress* e amarguras. No entanto, diante de tanta infantilidade, decidi que Celso definitivamente não serviria para apresentar a vocês e me afastei.

Me mostrei interessada em outra pessoa, arranjei uma nova alma vivente, e ele, mesmo entristecido, respeitou.

Porém, todo esse malabarismo para distanciá-lo só trouxe complicações, desilusões, frustrações.

Na prática, eu precisava ficar sozinha.

Em suma, depois de tanto tempo, preciso reconhecer. Em minha arrogante busca por alguém parecido com os metais nobres em química, me magoei.

X

Nesse ponto da aventura, antes de continuar sua narrativa, Sônia procurou saber se Rita prestava atenção na história.

Por sorte, a menina estava toda entretida com os brinquedos achados no quarto da tia. Dessa maneira, a loirinha prosseguiu os relatos.

— Era uma manhã de outubro em Curitiba, e o dia nos trazia um ar maravilhoso, como se um mistério precisasse ser desvendado.

Vocês já experimentaram o sentimento de ansiedade para descobrir uma verdade sobre tal assunto a ponto de não conseguir dormir enquanto não soluciona a situação?

Pois essa era a sensação daquela manhã.

Um clima intenso, deslumbrante e misterioso pairava no laboratório, e eu estava adorando isso.

Talvez porque tinha dado um basta em meus afetos pelo *crush*.

Quem sabe, porque estava próximo ao final de ano e minha formatura aconteceria até março do ano seguinte. Não sabia dizer ao certo, mas a manhã estava diferente.

E assim, às 9 da manhã, o estagiário chegou e, como sempre, cumpriu à risca sua rotina de cumprimentar um a um, e foi para o seu local de trabalho. Em seguida, apareceu D.G. na sala de manipulação onde eu estava.

Ao lado dele, entrou um colaborador antigo do laboratório. O turno habitual desse rapaz era o período da tarde, por isso nunca havíamos conversado.

Hector era seu nome, muito simpático, brincava com moderação e não gostava de zoação. Tanto que, por vezes, ele e Celso se estranharam.

De uma fineza impressionante, com mais ou menos 1,75 de altura, olhos castanhos claros, cabelos lisos combinando com os olhos. Gostava de futebol e não perdia um *happy hour* com seus ex-colegas de faculdade.

Formado em Biologia, especializado em botânica e estava interessado em dar aulas à noite, por isso pediu remanejamento de horário para o primeiro turno. Era sua principal desculpa — Sônia frisou a informação. — Hector estava ali para trabalharmos juntos numa nova fórmula. Nosso nobre D.G. me informou no mesmo momento de nossa apresentação.

A diretoria estabeleceu um prazo muito curto para a produção de uma inédita essência e, como o meu novo parceiro tinha certa perícia, deveria encabeçar o tal processo já idealizado pelos especialistas do laboratório.

O motivo era claro; eu ainda não estava formada.

Sem ressentimentos, iniciamos o trabalho naquele mesmo dia. O pessoal do *marketing* já havia realizado todo o processo, como mencionei, os desenvolvedores também. Enfim, ficou sob nossa responsabilidade a reprodução da fórmula.

Como de costume, seria necessária a máxima aproximação das notas de saída, as notas de coração e as de fundo. Perfeição, esse era o tom do D.G. para nos lembrar, o que a diretoria da empresa esperava. Toda a equipe teria que dar conta.

O time era composto por mais dois setores, seis pessoas trabalhavam na sala do lado direito de quem entra e mais quatro na sala do lado esquerdo.

A sala devia ter uns trinta metros. Planejada com balcões em um dos lados, mesas com computadores no outro e uma ilha ao meio onde ficavam todos os tubos de ensaio.

Nós ficávamos em dois ou três manipulando todas as substâncias como matérias-primas e insumos, isso tudo para depois enviar para a produção, era uma loucura.

Não lembro ao certo qual era a fragrância reproduzida naquela ocasião. Só me recordo de que precisamos sair em busca de insumos mais uma vez, e nessas idas e vindas, acabei me aproximando de Hector.

Não existia outra alternativa, além da obrigação de reproduzir a nova essência, também havia a necessidade de me afastar de Celso. Dessa forma, embarquei em mais essa aventura.

Não demorou para o biólogo chefe perceber que aproveitava de sua presença para me distanciar de alguém do local de trabalho. Como não tinha noção de quem poderia ser, foi inteligente ao não me pressionar.

Deixou que me sentisse à vontade ao seu lado. Com muita educação e cavalheirismo, sempre conduziu nossos bate-papos no sentido profissional, a fim de não deixar dúvidas nenhuma sobre qualquer relacionamento.

Quando precisava usá-lo como escudo, simplesmente sorria e sem fazer gesto algum, embarcava em minhas brincadeiras.

Me obriguei a agir desse modo por alguns dias, e em um momento de sorte, Celso nos viu de mãos dadas. Conclusão, consegui meu objetivo, e o garoto se afastou.

Depois daquele momento, o estagiário ficou mais frio comigo e, logo em seguida, foi para outro setor do laboratório.

Passados alguns dias, soube que pediu para mudar de local de trabalho, segundo a fonte, ele queria aprender coisas novas. Por esse motivo, fiquei sem ganhar minhas barras de cereais por um bom tempo.

Quanto a Hector, pouco a pouco nos aproximamos, e descobri de maneira rude que algumas brincadeiras, por vezes, podem causar um estrago.

Não tinha interesse em me envolver com meu imediato, contudo não era uma máquina ou um pedaço de metal que estava ao meu lado me protegendo. Era um ser humano reunindo características admiráveis.

Talvez, isso bastasse para qualquer pessoa de fora entender o desenrolar dos fatos.

XI

— Assim que Celso se afastou, não precisei mais de meu escudo, no entanto, por vezes, me aproximei como se ainda necessitasse da proteção.

Hector acabou gostando da situação e passou a agir da mesma forma, ainda que ninguém se aproximasse.

E eu fui moleca, levada e inconsequente. Poderia ter dado um basta na situação, mas...

Me desculpe mãe — lamentou Sônia —, não fiz nada demais, mas sinto uma ponta de vergonha quando relembro essa história. Acho que é arrependimento. Por fim — continuou a loira —, o biólogo chefe, de maneira ímpar, foi simples, sábio e sagaz ao me preparar uma armadilha.

Sucumbi acreditando numa proteção encantada e fui pega como um pássaro, capturado com a química natural da seringueira.

A explicação para isso tudo é muito simples. Segui a direção moleca com o modo curtição e diversão ligado. Em seguida, me distraí e fui apanhada facilmente.

Só me dei conta disso quando estava literalmente nos braços de Hector. Celso também soube disso.

Se envolver com Hector não era o problema, enfim, já era maior de idade e vacinada.

O inconveniente foi saber quinze dias após nosso primeiro beijo que ele era um traste sem escrúpulos, um crápula, um Dom Juan, um *playboy* sedutor canalha. Ainda sinto raiva só de lembrar.

— Nossa! — exclamou Amanda. — Estava toda empolgada com essa reviravolta na história. Cheio de lampejos dos contos de fadas, quando finalmente a mocinha conseguiria encontrar sua cara-metade e juntos viveriam felizes para sempre. Porém, de repente, todo aquele azul e rosa tornaram-se trevas profundas e acabou com qualquer possibilidade de algum sonho romântico — conclui a irmã mais velha, levantando-se. — Você me deixou tensa e angustiada, vou até à cozinha buscar um pouco de água para me acalmar. Mais alguém vai querer um pouco também? — perguntou Amanda cordialmente.

Rita, nesse momento, parou para se esticar e sorrir, e após o comentário de sua mãe, gritou:

— Eu quero suco ou achocolatado. Pode ser qualquer um dos dois, mamãe.

D. Dete também aproveitou para se alongar e aceitar um copo de água, servindo-se do momento; Sônia acompanhou.

Depois das três Duarts devidamente hidratadas e a menina Rita bem alimentada, já que o chocolate veio num combo com biscoitos e sanduíche, a caçula Sônia voltou a contar suas aventuras.

Segundo ela, esse momento mais se assemelhava a um minuto de bobeira ou uma reação química desequilibrada.

— Bom — iniciou D. Dete. — Já estamos prontas para ouvir o restante dessa jornada. Contudo, só para ficar registrado, você nunca me falou desse tal Hector dessa maneira. Ainda não entendo por que passou por esse perrengue sozinha — refletiu a matriarca.

Antes de Sônia prosseguir, Amanda cuidou para que Rita se ocupasse com os brinquedos encontrados ali no quarto, pois a nota do enredo de Sônia nesse instante era complicada para uma criança de 6 anos entender.

— Naqueles dias, não tive coragem para me abrir com vocês mamãe — com as pernas cruzadas em cima da cama e agarrada a seu travesseiro, Sônia voltou a fracionar os elementos do caso. — Sempre pensei em apresentar uma pessoa interessante a vocês. Minha essência é exigente e, somado a isso, vê-los felizes também era um de meus objetivos.

Aprendi com vocês o ato de batalhar para conquistar; sendo assim, não aceitava qualquer um.

Nosso êxito seria a soma de nossos esforços. Logo, nossos pensamentos deveriam estar alinhados. Por isso, me afastei de Celso, ele não se encaixava de jeito nenhum.

E assim, por um breve momento, idealizei Hector — com o rosto carregado de decepção, a caçula expressou sua frustração expirando e torcendo os lábios. — Porém, não passou de uma essência de perfume barato. Tinha nota de saída maravilhosa, mas não havia coração e fixação. Não durava.

Uma casca impressionante mas sem profundidade, um gigantesco desengano recheado de desprazer e desgosto.

Só tenho a agradecer aos céus por meus olhos terem sido abertos em um espaço curto de tempo, de outro modo o tombo seria muito mais sério.

— Posso ver que ficou imensamente frustrada, entretanto ainda não falou o que aconteceu — ansiosa para conhecer os detalhes, Amanda interviu com aquele tom de "vai continuar escondendo a fórmula?".

— Então — expirou Sônia mais uma vez profundamente — a brincadeira tomou um rumo um tanto quanto inadequado, papai diria. E a continuidade dela logicamente nos levaria a um nível mais *caliente*, pode-se assim dizer.

Contudo, estando a ponto de me formar e, como disse em minha primeira avaliação, a criatura valia o risco, deixei rolar.

Flertamos nas semanas seguintes, nos aproximamos e rapidamente surgiu comentários sobre nosso *affair*. Mesmo assim não levamos isso em consideração, aliás ninguém tinha nada a ver com as nossas vidas.

Um mês depois dos boatos feitos pela rádio peão, conheci uma farmacêutica de nome Luana. Trabalhou ali por muito tempo, mas nesse momento já fazia alguns dias de seu desligamento da empresa.

Na ocasião, parecia que ela estava de passagem, nos esbarramos quando eu saía do laboratório para almoçar e conversamos por alguns minutos.

Em seguida, andei em direção ao centro comercial, bem próximo do local. Na realidade, depois dos mexericos decidi ficar sozinha, assim não precisaria dar explicações ou ficar desconversando o tempo todo.

Principalmente, porque existe uma distância muito significante entre um envolvimento e um compromisso. Mas, o pessoal todo ignorava esse fato.

Continuando, entrei no *shopping*, fui até o restaurante, fiz o pedido da refeição e, quando chegou, comecei a me deliciar com aquele prato mexicano maravilhoso.

Lembro-me de estar faminta e, por isso, além de devorar todo aquele nacho, lambi os dedos e quase fiz um segundo pedido. Porém, apesar da vontade gigantesca, usei o autocontrole e saí para dar uma volta e namorar as vitrinas.

No meio do passeio, novamente encontrei Luana, ali pude conhecê-la um pouco melhor. Tinha 31 anos de idade, de cor clara, mas com longos cabelos negros. Já havia passado por um casamento de seis anos muito problemático e, por isso, agradecia por não ter concebido uma criança.

Se formou como farmacêutica fazia três anos e já tinha especialização em Farmácia Industrial. Era uma garota muito competente, tinha um carro, mas ainda preferia andar de ônibus ou táxi, odiava o trânsito caótico de Curitiba nos horários de *rush*.

Contou que depois da saída do laboratório estava dando aula e, nos últimos três meses, morava sozinha.

— Vida que segue — Luana filosofou naquele momento. — Aliás, todos nós temos histórias para contar, viver, aprender e, quem sabe um dia, ensinar. No mínimo compartilhar e deixar para cada um decidir o que deve ou não fazer.

Ao terminar essa frase, pude ler a expressão de seu rosto. Entendi que nosso encontro não foi por acaso e um terrível calafrio subiu em minha espinha, meus joelhos bambearam e empalideci.

Não me recordo de ter sentido aquela terrível sensação em outra situação. Pensei em culpar aquela comida maravilhosa e comentei: "o nacho não me caiu bem".

Com a mão no estômago e o rosto franzido, me sentia muito mal. Mas, estava na hora de uma nova lição para esta narradora.

Seria muito mais fácil culpar o almoço pela repentina indisposição, no entanto as náuseas foram presságios do que estava por vir.

XII

— Nesse momento, querendo me livrar da situação, falei a Luana do repentino mal-estar. A vontade era de chegar à empresa, comunicar a indisposição e voltar pra casa — prosseguiu Sônia, descrevendo a confusão em que se envolveu. — Algo naquela mulher mexeu com meu emocional.

Insistiu para conversar, afirmando ter algo a compartilhar sobre uma aventura e gostaria de expor as informações dessa experiência sob sua ótica.

Minha nova amiga deixou bem claro que apresentaria elementos capazes de mudar minhas avaliações ou, no mínimo, me deixaria com um pouco mais de conteúdo para tomar uma decisão sobre essa questão envolvendo minha vida.

Segundo ela, caberia somente a mim definir continuar ou não com a tal novela. E eu nem sabia ao certo de qual se tratava.

"Realmente não estou bem, Luana, algo me fez mal", persisti com ela. "Seria possível essa conversa se desenrolar num outro dia?".

"Você voltará ao trabalho?", perguntou a moça duvidosa.

"Sim, voltarei", devolvi. "Estamos finalizando um produto agora e não posso me dar ao luxo de ir para casa. Afinal, meu superior imediato precisa muito de minha ajuda".

"Você está falando do Hector, certo?".

Luana foi direto ao ponto, e mais uma vez, gelei. Senti aquela mazela se aproximando, novamente fui descorando, ao mesmo tempo confirmando o que a moça havia acabado de perguntar.

Mesmo assim, consegui reunir forças e me afastar. De qualquer maneira, eu precisava adiar esse bate-papo para outro dia, isso seria muito melhor, julguei levianamente.

"Tudo bem", concordou a morena. "Amanhã à tarde procurarei por você e conversaremos. Pode ser assim?".

"Sim", foi minha resposta, concluí com um "tudo bem" e saí em direção ao laboratório.

A tarde daquele dia foi muito intensa, fiquei divagando sobre o assunto trazido por Luana, e algumas vezes, além de me martirizar, estive a ponto de um colapso nervoso.

A questão poderia ter sido resolvida tão logo a morena apareceu e mencionou uma possível história. Mas, preferi deixar passar.

Em alguns momentos, tentei convencer a mim mesma de que foi a melhor atitude tomada. Assim teria um tempo maior para uma possível preparação psicológica.

Entretanto, apesar de todo o esforço para deixar esse assunto para outro momento, ele me afligiu o tempo todo e dessa maneira passei a tarde.

Saí do trabalho em meu horário habitual. Mesmo tendo dito um gigantesco "não" a Luana, lá no fundo esperava encontrar aquela perturbação. Porém, ela não apareceu.

Enfim, passei a noite experimentando uma atividade neuroquímica, tentando adivinhar o tal assunto. A insônia foi incrível.

Durante a madrugada, muitas perguntas surgiram, esperando esclarecer a verdadeira identidade da morena. O que ela tinha a ver com Hector? Era ex-esposa? Foi apenas sua namorada ou era sua amante?

O pior foi pensar que ainda poderia ter alguma ligação mais íntima com ele, isso seria terrível. Mesmo assim, nem de longe me considerava apaixonada. Além disso, jamais desejei fazer parte de uma aventura proibida.

Apesar de tudo, depois de tanto me virar na cama de um lado para o outro visualizando a situação, pensar assim aquietou minha alma.

Alinhou-me num processo de paz de espírito, me fez relaxar e consegui pegar no sono. Afinal, faltavam poucas horas para voltar ao laboratório.

Levantei bem cedo, tomei um bom banho, passei o creme para o corpo, coloquei minha roupa predileta, tomei um excelente café da manhã, passei meu perfume favorito, o creme para as mãos e, em seguida, parti em direção ao trabalho.

Nesse dia, fui de ligeirinho[9], nada poderia abalar meu autocontrole, me considerava totalmente centrada.

Hector e eu chegamos juntos em nosso setor, mais uma vez me deu bom dia com aquele sorriso maravilhoso e um selinho. Tive a máxima cautela para não deixar demonstrar nada a ele.

Não teria como explicar um comportamento estranho e inoportuno. Não saberia por onde começar. Aliás, não sabia do que se tratava.

Sinceramente, no fundo, encontrava-me muito ansiosa e meu falso sorriso vez por outra me traía, principalmente quando falava com pessoas que conheciam um pouquinho mais sobre mim. Esse era o caso de Celso, o estagiário.

Esteve no setor de manipulação entregando algumas amostras para nossa avaliação, o prazo para conclusão da nova essência estava no limite.

Foi rápida sua passagem, mas tempo suficiente para notar em meu rosto que algo me incomodava.

Elegantemente, não perguntou nada, simplesmente entregou as amostras, desejou-me um bom dia, deixou ao lado uma barra de cereal, cuidou para que o outro não percebesse, assim se referia ao Hector, e saiu de minha vista falando baixinho.

"Sorria".

"Estou sorrindo", retruquei.

"Sorria de verdade", ele replicou e se foi.

---

[9] Transporte coletivo de Curitiba.

O período da manhã voou, quase faltou tempo para cumprir todas as tarefas necessárias, mas conseguimos dar conta. Toda a equipe estava de parabéns, as metas estavam sendo cumpridas e no tempo certo. Isso era de suma importância para toda a diretoria.

Então, o horário do almoço chegou, e automaticamente aquela ansiedade deu as caras novamente. Hector não entendeu quando preferi almoçar sozinha ali no laboratório.

"É coisa de mulher", justifiquei com aquele sorriso amarelo. E apesar de não compreender nada, ele aceitou numa boa.

Me deixou ali sozinha para novamente tentar centrar meus ânimos e, por fim, mais uma vez, dominar minhas emoções.

A tarde também passou como um piscar de olhos. Consegui me envolver no trabalho de maneira que não percebi o tempo voar. De repente, já estava na hora de ir para casa.

Entretanto, logo na saída, antes de passar pelo portão de acesso sentido rua, Seu Gustavo, o porteiro do laboratório, me chamou, se dirigiu até onde eu estava e me entregou um papel. Identifiquei como um bilhete, e pra não fugir ao clima, escrito por uma mulher.

Nesse instante, parei para ler o tal recado. Nele Luana pedia para encontrá-la no *shopping* às cinco horas, faltavam apenas 30 minutos para o horário informado.

Por fim, como passei a noite acordada por fugir desse assunto, decidi esperar e encarar a morena. Estava convicta de que não deveria ter medo dessa situação.

XIII

— Eram cinco da tarde quando Luana apontou na praça de alimentação. Escolheu seu lanche com muita calma em um dos inúmeros restaurantes e, em seguida, dirigiu-se até onde eu estava.

Seu rosto confiante me amedrontava. Parecia saber de minha noite mal dormida.

Por esse motivo, logo que se sentou confortavelmente à minha frente, questionei sobre o assunto. Minha ansiedade não suportaria um instante diplomático; sendo assim, fui direta ao ponto.

A morena iniciou um pouco evasiva, mas me contou sua história.

"Pois bem", começou Luana e *linkou* essa frase a uma pergunta. "Você o ama?".

"Está falando sobre o Hector?", objetei.

"Sim, é claro, do que achou que se tratava?", devolveu a questão carregada de sarcasmo.

"Não", retruquei. "Mas, o admiro muito por ser um cavalheiro, educado, culto, além de muito encantador".

"Nossa, você o vê dessa maneira. Tem certeza dessa resposta?", deu continuidade a nosso delicado bate-papo com um sorriso cínico em seu rosto.

E como eu estava com muita pressa para chegar ao fim desse assunto, insisti com um pouco mais de objetividade. Aliás, não estava ali de bom grado.

Desse modo, a linda morena farmacêutica começou a me expor o que, segundo ela, eu precisava saber.

Hector era um sedutor inveterado, sabia do seu charme e se aproveitava do seu dom para brincar e conquistar muitas meninas. Por causa disso, era pai de duas crianças.

Nada de mais, se não levarmos em consideração as duas crianças. Se também desconsiderarmos que tinham 10 dias de diferença entre o nascimento de uma e outra. Em um mundo moderno, estaria tudo bem.

Ele mesmo brincava que era pai de gêmeos de mães diferentes. Contudo, não vivia com nenhuma das garotas.

Havia sido casado, mas acabou se divorciando por ser muito mulherengo. Sua "ex" não aguentou tantas pessoas novas em seu relacionamento, por isso se afastou.

Falando de Luana, ela o conheceu no laboratório e também teve um *affair* com ele. O rompimento dos dois foi o motivo de ela ter saído do trabalho.

Toda narrativa compartilhada até aquele momento não me tocou negativamente nem por um segundo.

Talvez, por viver nesta sociedade promotora da busca da felicidade sem equilíbrio e moderação, por vezes hedonista. Quem sabe por tudo isso estava deveras indignada com a morena.

Na realidade, não tinha certeza se deveria iniciar minha bateria de ofensas por aquilo que já sabia, ou necessitaria escutar mais um pouco do tema para, assim, no futuro, não cair na besteira de dar ouvidos a estranhos.

Pelo sim, pelo não, continuei a acompanhar a história, quando de repente fui inserida à cena.

Enquanto outras eram protagonistas, me sentia tranquila. Quando fui mencionada, uma indignação horrível tomou conta de meu estado emocional, definitivamente era constrangedor ser avaliada dessa maneira pelos olhos da ex-amante de meu *crush*.

Segundo ela, naqueles dias, Hector tinha três aventuras. Ele se relacionava com sua *personal trainer*, algumas vezes depois de suas rotinas de exercícios.

Também arranjava tempo aos finais de semana para manter uma amizade colorida com uma ex da faculdade e, por fim, comigo — Sônia falou frustrada, ao olhar para sua mãe. — Era a bola da vez. Sua mais nova conquista — concluiu a loirinha.

Luana percebeu meu súbito incômodo após ouvir seu último comentário. Contudo, acreditando em uma louca paixão de minha parte pelo biólogo chefe, insistiu para acompanhá-la em um passeio naquele horário pela cidade.

Revelou ter uma cena muito interessante para me mostrar. Ela acreditava mesmo que eu precisava assistir ao que viria.

Como naquela noite não teria maiores problemas com uma falta na faculdade, decidi acompanhá-la para resolver essa pendência de uma vez por todas.

Saímos do *shopping* em seu carro, um Honda Civic 2000, e seguimos em direção ao bairro Água Verde. A morena encostou o Honda bem próximo à confeitaria, onde serviam um delicioso café colonial, e me disse com muita paciência:

"Vamos esperar por uns 15 minutos, tudo bem?".

"Sim!", reagi secamente. Estava indignada, de carona e muito curiosa para saber onde tudo isso iria acabar.

Não foi preciso os 15 minutos, a farmacêutica sabia exatamente o horário do meu chefinho sair dali acompanhado de uma de suas *girlfriends*.

Ela estava maravilhosamente vestida, cheia de charme, e os dois pareciam muito felizes.

Quando vi aquela cena, fui atingida por uma descarga elétrica emocional. Era como ondas subindo e descendo por todo o meu corpo, e o motivo era simples de explicar.

Ouvir alguém falar que você está sendo enganada, é uma situação. Ver o fato ou a história em sua frente é outro contexto muito dolorido.

Mas, pior ainda é se dar conta do tamanho da confusão em que se envolveu. Isso não foi nada animador.

Nesse instante, eu já sabia qual atitude tomar, se tinha interesse em me afastar de Hector, conseguiu, aquela cena para mim já bastava.

Contudo, ela insistiu para ficarmos mais um tempo juntas. Mesmo depois de ver em meu rosto as marcas da frustração, ainda queria me mostrar mais um pedaço da história de meu chefe.

Segundo a morena, seria importante entender por mim mesma o episódio seguinte.

Em particular, eu não estava nem um pouco interessada em prosseguir. Já me considerava uma idiota, e isso era muito decepcionante, mesmo não me achando apaixonada.

Saber das mentiras dele deixou minha moral totalmente pra baixo e o que eu mais queria era ir embora.

Mas, enfim, Luana acabou por me convencer, como já mencionei, estava de carona mesmo. Sendo assim, depois de algumas negativas, simplesmente consenti e continuei a seu lado.

Não seguimos o casal, graças a Deus. A morena já havia feito toda essa rota.

Assim imaginei, pois, 45 minutos após estacionar em frente ao café colonial, encostamos o veículo próximo a um sobrado três quadras do Museu MAA, na Mateus Leme.

De repente, quem encontramos entrando naquele local?

O próprio "Dom Juan". Foi muito bem recebido por sua *personal*, mas isso já não me afetava mais. Nesse momento, eu estava '*in loco*', conhecendo outra parte da história, mais uma de suas *girlfriends*.

Entretanto, o final desse passeio foi muito mais decepcionante.

A farmacêutica levou-me até bem próximo ao laboratório, não confiava nela a ponto de revelar onde morava. Por isso, orientei o local de trabalho como ponto de referência.

No entanto, para meu espanto, quando paramos onde indiquei, fui surpreendida com a entrada de outra mulher no carro. Essa nova personagem só tinha um objetivo, mostrar-me algumas fotos de Hector com um de seus filhos.

Jurema era seu nome, todos os conhecidos a chamavam pelo apelido de "Ju", ela preferia assim.

Tinha 31 anos, morena clara, muito alegante. Não fosse o rosto claramente cansado por ter passado uma noite de olhos arregalados por causa do filho, descreveria a menina "Ju" também como uma linda curitibana.

A maioria das fotos ali não foram tiradas por profissionais, mas sim por pessoas comuns. Se fosse hoje, seriam muitos vídeos. Todo mundo tem uma câmera à mão quando estão com celular, entretanto falamos de quase vinte anos atrás.

Contudo, o conteúdo apresentava o suficiente em cada cena fotografada. Meu chefe de laboratório não tinha a ínfima noção do privilégio de ser pai, e o pior, não demonstrava o menor interesse em querer aprender.

O garoto mostrado nas fotos parecia procurar os abraços do progenitor, ou colo, ou carinho, talvez buscasse alguém para chamar de papai.

Entretanto, aquelas imagens denunciavam um pai usando seu filho para se aproximar de outras mulheres e, assim, conseguir seus contatos, e tudo o mais.

Diante disso, nesse contexto e na posição de alguém se sentindo traída, foi indignante manusear aqueles retratos.

Ao cabo de nosso bate-papo, fiquei muito impressionada com a atitude da farmacêutica.

Teve interesse em me conhecer e avisar a respeito de meu nobre e maravilhoso espécime masculino. No final, o sujeito não era tão munífico assim.

Também percebi nessa rápida aventura de final de tarde a ligação de Luana pelo traste.

Era perdidamente apaixonada por Hector e estava tentando tirar suas possíveis rivais da jogada. O sentimento era nobre e tinha uma meta.

O passo a passo consistia em novamente se aproximar do biólogo, de alguma forma orientá-lo a ser leal e, por último, tentar colocar um cabresto no garanhão.

Dura sina, diria o poeta.

Enfim, quanto a mim, já tinha tomado nota do conteúdo suficiente para considerar uma justificável decisão. Dessa maneira, agradeci a Luana e Ju, e saí do carro em direção à estação do ligeirinho.

Nesse instante, meu único desejo era encontrar meu colchão, minhas cobertas e meu travesseiro, eu precisava muito dormir.

Aprendi com a mamãe, uma boa noite de sono sempre renovam nossas forças e nos fazem enxergar melhor ou, por outro prisma, os afazeres da vida.

Por fim, cheguei em casa, fui para o meu quarto, tirei apenas os sapatos, caí no colchão grudada ao meu travesseiro e, sem exageros, morri e ressuscitei no outro dia.

XIV

— Na manhã seguinte, precisei acordar mais cedo para olhar meus *e-mails*, visto que gazeei as aulas da noite anterior. Ao lembrar do fatídico passeio, ainda sentia as dores das pancadas recebidas, mas a vida forçava a continuação de seu curso.

Não me apaixonei o suficiente para me magoar, contudo fiquei muito desapontada. E por isso, mais uma lição posso tirar desse louco envolvimento. Ele pode se mostrar muito nocivo.

De frente ao computador devidamente ligado, olhei todas as mensagens de entrada, os *e-mails* da faculdade e também aproveitei para fazer uma limpeza na caixa de *spam*.

Em meio a toda essa loucura, com as emoções a mil e o nervosismo à flor da pele, entre os *e-mails* havia um endereço que me trouxe um leve sorriso e me fez bem. Meu distante amigo do "labo-loco" me desejou um simples bom dia.

Em absoluto, Celso não dispunha do meu perfil ideal, porém sua sensibilidade era ímpar e, como imaginei, realmente percebeu algo no dia anterior.

Quem sabe por esse motivo, mais uma vez, depois de dois meses, carinhosamente mandou-me um recado. E nesse momento vulnerável, me cativou sem nenhum esforço.

O texto era em forma de acróstico, logicamente tinha a ver comigo e veio em boa hora.

Ouçam, também o guardei neste pequeno baú.

A menina de pijama.

Menina, mulher.
Especial e encantadora.
Notadamente.

Incomparável e intensamente.
Nobre com sua naturalidade.
Admirável.

Dona de um
Esplendor.

Purificante.
Irresistível.
Janotamente uma joia.
Adoravelmente apaixonante.
Mágica e maravilhosamente.
Amável.

Um mimo de seu amigo Celso. Tenha um excelente dia e sorria, este é o sorriso mais lindo que já vi.

Ass.: Eu!

Depois deste texto levemente poético, sensível e confortante, fui revigorada e fiquei mais disposta para enfrentar o dia. Sempre agi dessa maneira.

Apesar de muito durona, sempre fui extremamente receptiva a papéis com intenções românticas.

Talvez porque, para uma pessoa escrever, necessite parar, pensar, organizar suas ideias.

Somente depois dos alinhamentos necessários é possível fazer o leitor ter um bom dia, relaxar e refletir, por isso adoro livros.

Continuando, depois de motivada, era hora de encarar meu "ex" namorado perfeito.

Tive a chance de chegar mais cedo ao laboratório, adiantei alguns processos, deixei boa parte das fórmulas preparadas e fiquei no aguardo de Hector.

Quando o jovem chefe chegou no setor, quase tudo se encontrava pronto para o trabalho do dia, por isso tencionou agradecer-me com um beijo e sensatamente recusei.

Como era muito inteligente, entendeu num piscar de olhos que alguma partícula impura havia afetado nossa química. E muito educadamente me chamou para conversar.

"Alguma impureza desequilibrou aquela perfeita química entre nós", iniciou Hector a tentativa de um processo de restauração. "Então, se quiser, podemos falar a respeito no horário do almoço. O que você acha?".

Acenando com a cabeça, concordei, era a atitude mais justa a ser tomada. Diante disso, mesmo assim ele fez questão de me agradecer com um beijo carinhoso em minha testa.

Mas, foi o máximo visto depois do encontro com Luana. Não estava interessada em brigar com ninguém por causa de outra pessoa, meu único objetivo era concluir a faculdade.

Depois, seguir uma carreira, crescer como pessoa e como profissional. Por isso, foi rápido, fácil e prático o bate-papo com Hector no horário do almoço.

Conversamos sobre suas diversas maneiras de manter alguns relacionamentos. Contei o que soube na noite anterior, falei quem me procurou e, enfim, o coloquei a par de meu conhecimento sobre as fotos de seu filho.

Quanto a isso, não esboçou nenhuma reação. Foi como falar com alguém de idiomas distintos. O único fato que tencionou dar alguma justificativa relacionava-se aos seus casos com duas ou mais pessoas.

"Talvez você não entenda Soninha", alegou o traste. "Mas, sou assim desde sempre, não consigo ser de uma mulher apenas. Não deixe isso abalar nossa amizade".

Diante de uma declaração tão cínica, minha atitude foi terminar meu almoço com um sincero adeus para esse tipo de relacionamento.

Depois daquele basta, ainda trabalhamos juntos por um bom tempo. Afinal, precisávamos concluir o novo produto da empresa.

Algumas vezes, ouvia sobre suas aventuras contadas por outras pessoas. Frisavam que muitas das meninas dos setores mais próximos também foram enfeitiçadas por ele.

Enfim, de fato, Luana não conseguiu domesticar seu amorzinho.

Em minha singela opinião, Hector era um caso sem solução.

XV

— Vida que segue — avançou a menina com seus enredos. — As situações tanto emocionais como profissionais continuavam a aparecer. O crescimento nas duas áreas poderia ou não ser constante.

Era o que imaginava baseado em minha pouca experiência de vida na época, coloquei objetivos e estabeleci metas para viver uma vida maravilhosa. Meu futuro me aguardava.

Voltar a conviver com as brincadeiras de Celso não estava em meus planos, nem amarrada era uma de minhas metas. Entretanto, depois de alguns dias afastada do biólogo, voltei a almoçar com o pessoal.

Seu Paulo, Celso e os outros efetivos do local mais uma vez me acolheram muito bem. Eu não tinha mais nada com o Hector, e todos sabiam disso.

Sou grata, porque sem exceção a equipe inteira mostrou-se discreta. Nunca tocaram no assunto, isso me fez adorar muito mais o lugar onde trabalhava, éramos verdadeiramente amigos.

Vez por outra, compartilhávamos ideias e desejos como a vontade de comprar algo novo, se desfazer dos entulhos de casa ou simplesmente externava os planos para as férias. Tínhamos uma ligação muito forte.

Em um desses dias, comentei sobre a necessidade de trocar meu carro. Aquele Celta escuro dado pelo papai um ano depois de iniciar a faculdade.

Fazia três anos inseparáveis, um intenso caso de amor com o meu celtinha, porém já havia passado da hora de ter um outro romance — Sônia parou por um instante seu relato e pontuou uma questão importante para ela naquela fase da narrativa. — Estou falando de carro, entenderam, meninas? — assinalou a dona das aventuras, sorrindo.

— Então, voltando ao carro, comentei a respeito de um veículo um pouco mais novo, precisava ser econômico e mais confortável. Durante o bate-papo, todos sugeriram vários modelos de marcas e cores diferentes.

A lição tirada disso tudo foi bem simples. Se não quisesse incômodo, melhor seria comprar um carro zero km. Fora isso, a sorte estaria lançada.

Não sei como, mas, em seguida, mudamos de assunto, e para mim, ninguém mais voltaria a esse tema, a não ser em outra roda de conversas após o almoço. Sem dúvida, tivemos várias, mas nunca mais com tanta opinião sobre automóveis.

Pois bem, ano novo chegou e também meu aniversário, 21 de janeiro. Como já havia terminado a faculdade, me encontrava tranquila. Ainda não tinha feito inscrição para nenhuma vaga de *trainee*, enfim, estava em tempo de relaxamento, muito bem, obrigada.

Fui ao trabalho, cumprimentei a todos sem exceção e, pela manhã, de modo singular, apenas uma pessoa lembrou-se de me dar os parabéns. Podem imaginar de quem estou falando, certo? Recordam dos comentários sobre trocar o carro?

Pois bem, nesse momento, ainda não havia comprado outro. E por que estou falando isso? Vocês podem imaginar o que o garoto trouxe de presente para mim? — Sônia faz a pergunta retórica, relembrando a situação, e apesar de tanto tempo passado, ainda se mostrava perplexa.

— Isso mesmo — a loirinha continuou. — Um carrinho, de brinquedo. Olhei para ele e fiquei sem palavras quando ouvi sua justificativa.

"Então loirinha", iniciou na defensiva. "Não tenho como comprar um automóvel para você. Mas, uma miniatura realista, ou seja, um carrinho de brinquedo, esse eu posso. Aceite esse mimo deste estagiário".

Sorrindo, ele saiu logo após me abraçar. E eu fiquei ali pensando, sem ter uma palavra para falar ao pirralho. Não sabia se ficava indignada, ou encantada, pois, na verdade, foi o único presente daquela manhã.

No período da tarde, seu Paulo também me trouxe um presente e as meninas, Lídia e Rose e Marina, igualmente se juntaram para comprar um bolo.

Lídia era a recepcionista, uma menina casada de 32 anos, já era mãe. Cursou ADM e não fez nenhum tipo de especialização, sua filha Joana nasceu seis meses depois de terminar a faculdade, por isso não conseguiu voltar a estudar.

Rose era do setor financeiro, ficamos muito amigas. Concluímos cursos diferentes, mas caminhávamos juntas, isso nos trouxe muita afinidade.

Ela tinha 26 anos, era muito competente e muito centrada, também não curtia as manias de Celso, contudo adorou quando me afastei de Hector, pois já conhecia a fama do jovem sedutor.

Marina, por sua vez, tinha 29 anos de idade, ainda era muito brincalhona, tipo moleca mesmo, e gostava de músicas internacionais eletrônicas. Todas moravam em bairros diferentes e distantes aqui em Curitiba.

Rose e Marina não eram casadas. A segunda não tinha muito interesse nesse assunto, porém a primeira já estava preocupada com aquela velha piada de ficar para titia.

Isso, porém, era mais um prato feito para Marina zoá-la quase como se fosse Celso, e Rose detestava esse tipo de gracejos, mesmo assim as duas nunca brigaram por esse motivo. Marina tinha o *time* certo para suas brincadeiras.

Muito diferente do estagiário, ele não tinha semancol nenhum. Contudo, o presente recebido pela manhã veio direto das mãos do piadista da turma, e isso mexeu comigo.

Fiquei confusa mais uma vez.

XVI

— Voltei para casa naquele dia demasiadamente inquieta, não podia aceitar que um carrinho de brinquedo teria poder pra mexer comigo. Lembro-me de chegar em casa, ter tomado um bom banho e depois todos nós saímos.

Papai fez questão de nos levar para jantar fora, afinal, além disso, estava formada, era um grande motivo para comemorar, segundo ele.

Sou grata por aquele momento, pois, em seguida, acabei me afastando por um bom tempo.

A semana passou, e consegui controlar minha desassossegada alma carente. Culpei o pequeno flerte com o biólogo por causa disso, entendi que esse episódio repentino despertou algo em meu coração.

Mas, nesse momento, essas sensações não eram bem-vindas. Tinha objetivos, metas e sonhos. Não mudaria nem uma vírgula por causa de um estagiário.

Recordo-me de ter comentado com Rose, Marina e Lídia a respeito do carrinho, e as opiniões foram as mais variadas. Para Rose, ele era um sem noção, um presente daqueles não tinha nada a ver, falou demonstrando sua indignação.

"Se gostasse um pouco de você", insinuou Rose, "deveria se esforçar um bocado a mais para crescer. Em minha opinião, ele te chamou de criança e não merece meu respeito, isso foi ridículo".

"Nossa!"

Ouviu-se em coro a expressão de perplexidade de Marina e Lídia, ao perceberem a repulsa de Rose externada em suas palavras, as duas se divertiram com isso.

Quanto à opinião de Lídia, o teor era mais equilibrado. Para ela, não era um presente encantador, contudo concluiu assim:

"O homem é muito mais infantil. Pense um pouco. Ele apreciaria receber um presente desse tipo, aliás, Celso adora carros, e todas concordamos, certo? Sendo assim, ele lhe deu algo muito estimado.

Não é uma regra geral, mas aquilo que faz bem pra mim, pode fazer bem para os outros. Se isso for verdade, na cabeça dele, isso era um mimo de muito valor e ele ofereceu a você", concluiu Lídia sua filosofia de bar.

"Você sempre vê o copo meio cheio Lídia", Rose retrucou. "Não consigo enxergar dessa forma", encerrou com uma expressão de quem quer dizer "melhor rever seus conceitos". A mãe de Joana simplesmente sorriu.

Marina, por sua vez, achou o máximo.

"Apesar dos argumentos de Rose", seguiu Marina com seu jeito extrovertido, "adoraria esse tipo de presente. Não o receberia com toda essa profundidade explicada por nossa amiga Lídia, mas caberia muito bem em minha cabeceira e ficaria olhando para ele todas as noites antes dormir e imaginando..."

"Hum, hum, hum, hum!".

Em coro, fizemos os sons interrompendo o raciocínio de Marina, apontando para o lado ao mesmo tempo. Os meninos estavam se aproximando, e não queríamos que ouvissem nossos assuntos particulares.

Aliás, eram temáticas do clube das meninas do 'labo- -loco'. Acabamos aderindo ao apelido colocado no laboratório pelo garoto.

Dias depois, recebi outro *e-mail* incrivelmente encantador, Celso aprendeu a mexer comigo.

Ouçam, também guardei ele aqui:

Oi, "Jim"

Tudo bem com você?

Espero que sim. Você voltou a sorrir, e isso é muito bom. Admiro vê-la exageradamente descontraída e feliz.

Hoje quero contar de algumas situações inusitadas. Logicamente, você tem tudo a ver com estas simples palavras neste momento.

Por favor, não me interprete mal. Em alguns casos, não consigo dominar tudo ao meu redor, e principalmente quando isso tem certa ligação com alguns sonhos.

Por isso, é importante falar de minhas noites. Pode ficar muito tranquila, ou como diria meus colegas de curso, fica fria ou suave.

Não existe nada excessivamente desautorizado para você ouvir. Um pouco cômico, quem sabe, a intenção é fazê-la rir e, se possível, pensar em mim.

Isso posto, descreverei basicamente como são meus fins de noite. Alguns são excelentes, durmo como pedra. Desculpa a expressão, creio que pedras não dormem (risos).

Bom, continuando, outras são complicadas, principalmente quando acontecem situações difíceis envolvendo você ou o D.G.

Em noites raras, sonhos de todos os tipos podem acontecer e, nesses casos, não fui ensinado, ou não aprendi a subjugar meu inconsciente. Dessa forma, julgo-me inocente a respeito de qualquer pensamento explorado por mim nesses momentos de sono profundo.

Deixando claro, não obtenho o poder e nem autocontrole para sugestionar meu subconsciente quando estou dormindo. Da mesma forma, nem mesmo para tentar persuadi-lo antes de adormecer.

Esforço-me para fazer isso apenas com relação às matérias técnicas do curso, enfim, penso que já me preservei quanto ao resultado das próximas linhas.

Então, sonhei...

Sonhei que queria tocar em uma estrela, tão acessível e ao mesmo tempo extremamente distante. Brilhava tão fortemente e intensamente que me atraía sem esforço.

Quando sorria, seu sorriso iluminava toda a galáxia onde estava e, à medida que seu brilho adentrava o espaço, um caminho de luz era traçado.

Essa trajetória construída com sua própria luminescência apontava para um propósito perfeitamente riscado, intencionalmente pensado em cintilar muito e muito mais.

Não para simplesmente mostrar-se orgulhosa e poderosa, mas com um acintoso cuidado de amparar quem precisava de luz.

Entretanto, quanto mais me atraía, muito mais se afastava, tanto mais me puxava, assustadoramente no mesmo instante se repelia, nada tinha o poder de mudar seu rumo.

Por vezes, ficamos assim, nós dois assemelhávamos aos imãs com seus dois polos, fortemente marcante, ora muito próximo, ora sobremodo distante.

Esses movimentos pareciam um jogo de pega e larga, e acabei gostando da brincadeira, pois trazia um sentimento de vida aos dois envolvidos.

Contudo, em determinado momento do sonho, também me magoei, e essa foi uma etapa muito difícil em minha ilusão. Não me achava pronto para lidar com uma frustração tão dolorida em meu peito.

Depois deste instante, a estrela continuou com seu cintilar, com seus movimentos e com o seu caminhar, mas, para me proteger, não se deixava atrair-me novamente.

A distância, ocasionada pela minha disposição em não mais me envolver, nos separou por alguns anos-luz. Mas, sempre tive cravado no peito a esperança de que um dia nossas vontades poderiam se alinhar e, nesse instante, iriam se atrair como os lados opostos dos imãs.

Pois bem, a estrela era você.

Eu brincava com um corpo estranho no universo incapaz de poder lutar contra alguém tão poderosa. Nessa altura do sonho, acordei. Me virei na cama de um lado para o outro por alguns minutos e pensei.

Melhor sonhar com você do que com D.G! (rsrsrs).

Perdoe-me a forma como concluí o e-mail, mas estava sério demais.

Sorria e tenha um excelente dia.

Lembre-se, este é o sorriso mais lindo que já vi.

Ass.: Eu!

— Não acredito, ele terminou um escrito quase arrebatador com uma frase dessas — surtou Amanda, revoltada com o final da mensagem.

— Era sempre assim — encerrou Sônia. — O morde e assopra comentado há mais de uma hora atrás.

Em um minuto, conseguia me levar às alturas com suas palavras, no instante seguinte, não havia como prever seu comportamento.

Mas, enfim, eu estava baixando a guarda, minhas vestes de proteção contra fluidos químicos estavam ficando sem eficácia e eu não gostava de me sentir vulnerável.

Definitivamente, não queria mais esse tipo de química trazendo-me desconforto.

XVII

— Meninas, já passou da hora de almoçarmos, não acham? — sugeriu D. Dete.

A proposta foi aceita com unanimidade, e gritos de apoio à vovó ecoaram no quarto da ex-funcionária do laboratório.

Em seguida a essa comemoração, Jussara, uma senhora de meia-idade, serviçal dos Duarts há pelo menos dez anos, surgiu com seu gracioso sorriso, lembrando a família que o almoço já estava servido e a ponto de esfriar.

Dona Ju, como era chamada, tinha muita experiência na cozinha, era uma excelente profissional. A matriarca sempre tecia muitos elogios aos seus serviços, e Sônia já havia degustado algumas de suas iguarias em férias passadas.

E assim, com tudo preparado e todas de estômago vazio, aproveitaram o convite.

Por alguns instantes, enquanto saboreava seu almoço, Sônia achou ter findado sua volta ao passado. Entretanto, tão logo terminaram a refeição, sua mãe mais uma vez liderou todo o time feminino.

— Agora que estamos satisfeitas — sinalizou D. Dete —, podemos voltar ao quarto e ouvir um pouco mais das aventuras de minha filhinha. Concordam, meninas?

Enquanto Sônia tentava sem êxito escapulir, as outras também apoiaram o plano. E mais uma vez, brados de boa ideia, acompanhados de gritos e uivos foram ouvidos na residência dos Duarts.

Desse modo, antes da caçula se evadir do local, foi convencida a terminar sua inquietante jornada.

— Ninguém conseguirá dormir hoje sem saber como tudo terminou — confessou Amanda, apoiando sua mãe.

Percebendo a pressão do ambiente criado pela ansiedade em ouvir o restante do enredo, somado ao fato de não ter como fugir de sua própria aventura, a caçula voltou ao seu quarto, pegou sua caixinha de embalagens, esperou todas se acomodarem e tornou a desenrolar seu passado.

— Continuando — mais uma vez iniciou a pequena. — As barras de cereais sempre chegavam ou apareciam nas manhãs de segunda, principalmente após me afastar de Hector. Nunca faltou cereal no início da semana — com um doce sorriso, Sônia fez questão de frisar esse fato.

— Nossos dias pareciam ter chegado a um momento monótono e rotineiro. Pra quebrar esse marasmo, graças a Deus, chegou a data de minha formatura, e um segundo de pura dualidade eu vivi.

Pois, apesar da alegria do dia, não pude convidar todas as pessoas de que gostaria, e isso me deixou profundamente angustiada. Lembra, mãe?

Foram mais os familiares mesmo. Enfim, não foi possível ter nenhum de meus colegas de trabalho comigo, precisei aceitar essa situação, e pronto.

Celso, porém, não precisava de convite para me deixar confusa, tensa ou muito brava. Tinha o dom de tirar minha tranquilidade e, de forma singela, abalar minhas emoções, e mais uma vez o moleque aprontou.

Na segunda-feira subsequente à colação e tudo mais, recebi um lindo presentinho.

O que havia embrulhado? — Sônia fez uma pergunta retórica com tom de curiosidade.

Rita ainda não entendia essas ironias da linguagem falada, sendo assim não tardou em dar uma resposta, haja vista que sua mãe e sua avó não fizeram a mínima questão de se pronunciar.

— Não sei, tia — comentou Rita. — Mas, poderia ser uma joia muito cara ou um ursinho de pelúcia. Embora, no meu caso, ficaria muito feliz com um pote enorme de sorvete.

Sua mãe, a avó e sua tia não tiveram como não rir desse comentário.

— Um bom sorvete iria muito bem mesmo — concordou D. Dete, sorrindo ao perceber mais uma vez o interesse de Rita na história da tia.

— Pois bem, minha flor — prosseguiu a titia. — Você não teria mesmo como saber, então lhe contarei. Ao abrir o segundo mimo, caprichosamente empacotado, tive um monstruoso espanto.

O conteúdo era, no mínimo, bizarro. Classifiquei assim. Dessa vez, ganhei um liquidificador de presente. Mais uma vez, um brinquedo, é lógico.

Abri o presente diante de Lídia, Rose e Marina, e todas caíram na gargalhada, não era de se esperar outra coisa, concordam?

Depois de recuperadas da crise de risos, Rose mais uma vez foi enfática ao tecer alguns comentários depreciativos sobre o estagiário.

"Não acredito. Ele teve coragem de lhe dar este tipo de presente? Isto não é um souvenir para agradar uma mulher. Não tem fundamento. O que ele estava pensando? O que está querendo com isso? Vou lacrar de novo. Ele não tem propósito nenhum a não ser zoar e tentar confundir você ainda mais. O mande as favas e não entre nessa furada", como um furacão Rose concluiu seu comentário.

Lídia, novamente, viu o copo meio cheio.

"Ele está pretendendo marcar seu coração com muito carinho", ponderou Lídia. "Acompanhe meu raciocínio e responda. O que você pode fazer com um liquidificador?

No mínimo, ele facilita a preparação de alguns pratos e bebidas e ajuda a fazer boas iguarias ao paladar, concorda?

Acredite, ele está seguindo esta linha de raciocínio. Mais um detalhe, considere sua formação, minha amiga.

Tem a ver com o fato de misturar algumas coisas, não tem? Matéria-prima natural, essências orgânicas, além das substâncias químicas. Abra um pouco os olhos e não verá um mimo tão bizarro assim.

Apesar disso, tenho uma última consideração; pergunte diretamente a ele o que quer dizer com isso".

A sugestão de Lídia foi acatada e assimilada. No momento certo, com certeza perguntaria a Celso qual era a dele com esses brinquedos, mas ainda precisa ouvir nossa dama das brincadeiras, a menina Marina.

"O que posso dizer?", avaliou Marina. "Já havia adorado o *souvenir*. No entanto, com o olhar filosófico da mamãe da turma, dei mais valor ainda.

Portanto, serei bem sincera com minha amiga. Caso não queira nada com ele, me avisa, e eu cuidarei desse menino levado".

"Fique à vontade", cheia de desdém o entreguei a Marina.

"Sério mesmo?", ela perguntou.

"Sim!", retruquei, pensando em todos os projetos que havia planejado. Mas, em meu coração, isso não era a verdade.

Não levei a sério o repentino interesse de Marina, afinal de contas era uma de minhas melhores amigas do 'labo-loco', para mim ela estava brincando.

Mas, assim como errar a quantidade de substância em uma fórmula química pode acarretar a perda total do produto, eu errei nesse momento. A menina não estava brincando, e acabei por liberar o passe de Celso sem nenhuma ressalva.

Diante disso, alguns dias depois, senti uma enorme dor por causa desse comportamento arrogante e inconsequente.

XVIII

— Mais ou menos duas semanas se passaram, e em um desses momentos ímpares, Rose chamou minha atenção para uma cena bem peculiar.

Há alguns dias, Marina não saía mais no horário costumeiro. Sempre tinha alguma coisa importante a fazer e, a meu ver, estava se afastando sorrateiramente.

A cena em questão poderia ser descrita da seguinte maneira; uma melodia muito interessante sendo tocada ao fundo em um desses rádios antigos por uma banda chamada The Housemartins[10].

A música era *Build*. Sucesso do final dos anos 80, uma linda canção.

Continuando a cena, os dois dançavam ali no corredor entre o refeitório e o espaço de produção. Local onde Celso trabalhava desde sua saída do setor de manipulação.

Pareciam muito felizes, demonstravam curtir cada segundo, e além de tudo, estavam próximos ao extremo, iguais aos íntimos amantes.

Fui apanhada de surpresa com aquele romantismo todo no ar. Quando os vi com os rostos colados, deduzi que estivessem apaixonados e literalmente gelei.

Lídia tinha acabado de se aproximar de onde eu observava aquele momento. Ela e Rose viram a decepção estampada em meus olhos ao contemplar a cena.

Nesse instante, confessaram ter conhecimento das escapadelas de Marina, só não imaginavam quem era o *crush*.

Dito isso, não questionaram, não se entremeteram e também não xingaram. Apenas ficaram para me dar um pouco de apoio como verdadeiras amigas.

---

[10] The Housemartins foi um grupo de indie rock inglês formado em Hull, que esteve ativo na década de 1980.

"Não entendi porque fiquei tão desapontada", justifiquei minha expressão para as duas. "Aliás, tenho planos, sonhos e objetivos. E aquele moleque não cabe em nenhum deles. Por que então estou me sentindo assim, tão mal? Sentimento é complicado", continuei a choramingar.

"Pensamos ter o poder para ordenar ao coração, à alma e a todo nosso corpo. Este é bom, este não é, este serve, o outro não, com aquele você se dará bem, com aquele outro não.

Mas, no final das contas, quando somos tratados com o mínimo de carinho, mesmo por pessoas consideradas inapropriadas, nossa alma tende a ser iludida. Pior ainda se estamos passando por um segundo intensamente carente".

Eu não conseguia explicar o porquê de sentir tanta dor ao lembrar dos dois celebrando, principalmente por tê-lo entregue de bandeja à Marina. E como me faltaram palavras, simplesmente desabei. Não chorei, mas meus ombros caíram, minhas pernas cansaram e meu ânimo desapareceu subitamente.

"Amiga", Lídia estendeu os braços dando-me um conselho. "Você está depressiva, melhor não ir para sua casa hoje. Sugiro a gente sair para esquecer um pouco esta cena. O que acha?".

Como precisava me livrar daquele sentimento sufocante, concordei em acompanhá-la, e Rose foi junto.

Naquela noite, Lídia pediu à sua mãe para cuidar de Joana, sua filha, e tirou um tempo para cuidar de sua amiga.

Categoricamente, não foi uma excelente ideia. Fiquei lembrando daquela noite por uns dois dias de tanta bebida ingerida. Porém, preciso confessar, a frustração não passou.

Por umas duas semanas me escondi de Celso, que, mesmo depois da cena fatídica, continuava a me trazer as barras de cereais.

Sinceramente, achava um absurdo. Como ele ainda tinha coragem de trazer aqueles mimos se relacionando com outra pessoa? Fiquei com muita raiva por causa disso e joguei as duas barras no lixo.

Na quarta-feira da terceira semana do ocorrido, não tive como escapar. Precisava de insumos e de alguém para me acompanhar até o local onde retirávamos o produto.

O D.G. foi enfático ao se posicionar. Não podia liberar nenhum dos funcionários para ir comigo, somente o estagiário. Assim sendo, a viagem foi mais ou menos assim.

Ele no banco de trás, em silêncio, Renato, o motorista, e eu, respectivamente, lógico, nos bancos da frente.

Puxei conversa com Renato para tentar de alguma forma deixar Celso isolado em seu canto. Contudo, vez por outra, o sem noção se intrometia no assunto, eu o ignorava.

Renato tinha uns cinco anos de casa e conhecia todos os trajetos de onde precisávamos ir. A rota logística sempre ficava por conta dele.

Quando saía com as meninas, comportava-se como um cavalheiro educado e cortês, nunca desrespeitou ninguém, e por isso, todas, sem exceção, sentiam-se tranquilas quando ele era o condutor.

Além disso, era casado com uma senhora chamada Maria e pai de duas crianças de 8 e 10 anos, Filipe e André. Respectivamente, nessa ordem. Enfim, estávamos muito bem conduzidos.

Fomos a três lugares de coleta em busca da matéria-prima necessária. No último deles, foi preciso esperar o pessoal do depósito terminar de encaixotar as substâncias para o transporte.

Nesse ínterim, quem ficou ao meu lado foi Celso, seguramente ainda estava muito irritada com ele e Marina. E fui traída por essa triste insatisfação.

"E então...", Celso puxou o assunto. "Percebi que você está se distanciando do pessoal. Aconteceu alguma coisa? Posso ajudar?".

"Impressão sua", respondi rispidamente. "Não precisa se preocupar comigo, aliás, creio que exista outra pessoa com quem deva direcionar todo seu cuidado, não estou certa?".

"Ah, é?", retrucou ele. "De quem estamos falando mesmo?, não estou inteirado".

"Cínico", indignada explodi. "Vi você e Marina no corredor do laboratório dias atrás, encontravam-se felizes, sorriam e dançavam. Para todos os espectadores daquela cena, a conclusão foi simples e direta, vocês estavam juntos. Não que eu tenha alguma coisa a ver com isso".

"Ah! Marina e eu", sorriu ele muito tranquilo. "É verdade, naquele dia eu estava a fim de dançar, e ela topou. Por isso, dançamos ali mesmo. Não poderíamos sair à noite. Mesmo assim, me preocupo com você, já deixei isso bem claro".

"Dispenso sua preocupação, já deixei isso bem claro", respondi mais uma vez sem nenhuma delicadeza.

"Se não te conhecesse", Celso ironizou, "diria que está com ciúmes".

"Ainda bem que tem essa noção", retruquei, tentando esconder minha raiva.

"Sim", revidou ele. "Impossível não ter essa percepção, Marina me contou. Pelo menos continue a aproveitar as barras de cereais todas as segundas".

"Então, Marina te contou?", me certifiquei.

"Sim", Celso confirmou. "Ela se mostrou minha amiga. Pelo menos assim, tento proteger meus sentimentos".

"É isso mesmo", devolvi indignada. "Proteja seus sentimentos nos braços dela".

Essa frase carregada de indignação foi um prato cheio para o estagiário ter certeza de sua impressão no início de nosso bate-papo.

"Você está com ciúmes", empoderou-se o estagiário e sorriu.

"Ciúmes, você está louco!", voltei-me para ele em tom agressivo. "Não tenho nada a ver com sua vida, aproveite o que quiser com ela".

Nesse instante, o debochado não conseguia mais ficar sem sorrir, e isso me tirava ainda mais do sério. Graças a Deus, ele teve o cuidado de não instigar ainda mais minha fúria.

"Tire esse sorriso idiota de seu rosto", exigi sem olhar para ele. "E por favor, não venha com brincadeiras estúpidas perto do Renato, ou mando cortar sua língua".

"Nossa, que mulher mais agressiva", cutucou o coitado. "Essa é a 'tempestade' que conheço. Mas, tudo bem, irei me comportar, eu prometo. Entretanto, se você se afastou do pessoal por causa de minha dança com Marina, fique tranquila, ela está dançando com outra pessoa faz alguns dias".

"Sério?", perguntei perplexa.

"Sim", devolveu ele. "Saberia, caso não estivesse se afastado".

Foi nossa última troca de palavra naquele dia, pois realmente fiquei de cara no chão. Mais uma vez, o garoto se manteve discreto, não comentando nada perto de Renato.

Voltamos para o laboratório, e o silêncio dentro do carro era quase ensurdecedor. Nesses momentos, o motorista é quem fazia as gracinhas, e Celso manteve-se sereno sem falar uma palavra.

Algumas vezes, ao olhar pelo espelho retrovisor, pude perceber um leve sorriso em seu rosto. Ele parecia comemorar sua descoberta. A mais nova química do laboratório estava prestes a cair em seus braços.

Ele não perdeu oportunidade. No dia seguinte, recebi outro *e-mail* de meu *crush*, foi uma zoação só, estilo estagiário.

Mas, me ajudou a acertar as coisas com Marina. Aliás, se alguém tinha culpa, era eu mesma. Sem querer, ou querendo, o deixei livre para quem quisesse, e ainda depois imaginei uma montanha de outras cenas.

Também o guardei aqui, escutem:

"Oi, Jim".

Tudo bem com você?

Sabe, não sei mais como lhe chamar. Estava inclinado a batizá-la de Felina ou Tigresa, pois menina do Pijama já sei que odiou.

Poderia ser também TEMPESTADE, mas isso é para alguns momentos singulares, como ontem, puxa, você estava azeda, hein! Tão brava, hostil, indignada, devia estar de TPM, fala sério, assim ninguém merece.

Perdoe-me, estou confuso, poderia me dar uma mãozinha aqui? Ou posso escolher mais um codinome?

TELEPATA é interessante, não acha?

Já deve ter lido parte de minha mente, certo, dona "JIM". Mas, como não conseguiu decifrar o restante, vou tentar ajudar em três tópicos, ok.

Primeiro — Seu humor não pode ser tão frágil assim.

Já pensou em procurar um psicólogo, ou psicanalista, principalmente antes de se envolver seriamente com alguém, estou falando como amigo.

Você é fora da casinha, precisa controlar isso ou vai matar um cara por ano (rsrsrs).

Segundo — Entendo ter tudo planejado para conquistar seus sonhos, ter suas metas muito bem elaboradas para conseguir chegar aonde quer.

Mas, pense bem, algumas coisas podem fugir do controle. Por isso, não se desespere em situações desse tipo, apenas viva o momento. Você terá o que deseja no tempo certo.

Caso contrário, acabará usando camisa de força (rsrsrs).

Terceira — Então, se ficou furiosa daquela maneira por causa de uma dança, deixo o convite para em outra oportunidade chegar mais perto.

Terei um enorme prazer em lhe tirar para dançar. Não sou um mestre no assunto, mas posso ensinar algumas coisas, se realmente tiver interesse (rsrsrs).

Em tempo: a Marina está muito triste pelo acontecido. Sendo assim, se me permite, gostaria de sugerir um simples conselho. Dê uma chance à amizade e cultive seus amigos, se possível inclusive este simples escritor. Pense nisso.

Abraço e beijos!

Se cuida e sorria, você já sabe, esse é o sorriso mais lindo que já vi!

Ass.: Eu.

XIX

—Após a leitura do *e-mail*, me dirigi à empresa. Fiz a identificação biométrica na portaria e fui direto para o setor cumprir com as obrigações.

Mais uma vez, um processo importante precisava ser reproduzido. Tinha data marcada para entrar na linha de produção.

Sem tempo a perder, a equipe da repartição trabalhava com muito empenho. Tudo deveria sair conforme planejado pelo pessoal do *marketing*.

Aliás, a essas alturas do campeonato, nada podia dar errado, pois isso poderia causar um prejuízo enorme aos bolsos dos patrões.

Por esse motivo, seguimos à risca o passo a passo da fórmula. O pessoal do *marketing* idealizou um *avatar*[11] exigente, e nossa equipe buscou cumprir cada detalhe de produto para agradá-lo.

A satisfação do freguês sempre foi nossa meta.

Com esse foco, comprometimento e demanda, não havia instante algum para acertar as pendências entre os membros da equipe. Tempo era algo verdadeiramente muito precioso.

Dessa forma, apesar de extremamente atarefada, passei a manhã toda ansiosa, precisava falar com Marina urgentemente e igualar as velocidades de nossas reações. Só assim nosso equilíbrio químico voltaria ao normal.

A hora do almoço chegou rapidamente, não percebemos passar o tempo, tamanho era o empenho em terminar as misturas necessárias para a composição do produto.

Todo o pessoal estava entregando o melhor de si. Um time muito focado e coeso. Por razões como essa, era muito prazeroso fazer parte daquela equipe.

---

[11] Avatar **é o nome usado para definir um público-alvo.** Grupo de pessoas que potencialmente têm mais interesse no seu produto ou serviço, para quem você vai direcionar toda a sua atenção e, lá na frente, o seu esforço de venda.

Contudo, ao soar o sinal do almoço, a fome chegou como um raio. A equipe inteira aproveitou para saciar o apetite e relaxar um pouco, visto que a manhã foi intensa dentro do laboratório.

Momento certo para me aproximar de Marina e pedir desculpas.

Graças a Deus, nos entendemos bem. A menina me deu um enorme abraço, e por alguns minutos, ficamos sem dizer nada uma para a outra.

"Me perdoe", supliquei a Marina. "Não devia ter julgado você, quero dizer, não tinha o direito de agir dessa maneira. Ainda mais porque afirmei não ter interesse algum naquela coisa. Por favor, me desculpe, gostaria muito de preservar nossa amizade".

"Fique tranquila", Marina acalmou meu coração. "Não estou brava, mas realmente fiquei sem entender sua atitude.

Não consegui entender o porquê se afastou", continuou Marina. "Depois as meninas, Lídia e Rose, por alguns dias também me deixaram de canto, pareciam bravas comigo, e eu não tinha a mínima ideia do motivo.

Graças a Deus, voltamos a nos falar, e só assim comecei a encaixar algumas peças, mas só compreendi tudo ontem. Falei com Celso após vocês terem voltado com aquelas caixas de insumos.

E depois de nosso bate-papo, pude perceber...".

Marina parou por alguns instantes, estava pensando em como falar sem parecer agressiva e invasiva. Só continuou depois daquele fatídico som de "hum, hum...".

"Desculpe, amiga, mas isso é ciúme mesmo. E se ele ainda não faz parte dos seus planos, você está precisando urgentemente de ajuda".

"Ai, ai, ai", de ombros caídos, pedi desculpas.

"Você deve ter razão", prossegui. "Estou muito confusa. Porém, neste instante, minha intenção é fazer as pazes com uma de minhas melhores amigas do laboratório.

Quem sabe em outra oportunidade você me ajuda com o assunto codinome estagiário. Pode ser?".

"Claro, amiga", Marina apoiou ao ouvir meu sincero pedido de desculpas.

Isso devidamente arranjado, amizade restaurada, contudo, muito envergonhada por ter vivenciado uma cena escrota de ciúmes, almoçamos todas juntas e, para comemorar nossa união, combinamos um *happy hour* no mesmo dia.

Estava precisando colocar a cabeça em ordem por causa do garoto e meus objetivos. Essa dualidade sentimental me sufocava.

Por esse motivo, decidi mais uma vez sair com as três. Uma distração não seria nada mal, e sempre cuidávamos uma das outras.

Entretanto, novamente esse tipo de saída não prestou.

Eu tinha 25 anos. Sendo assim, não posso me queixar da diversão. Mas, para ser bem sincera, outra vez, não resolveu nada em relação aos meus sentimentos. E por mais três dias, fiquei com uma dor de cabeça horrível.

Aquele momento de confusão em minha vida trouxe mais unidades às meninas do 'labo-loco'. Lídia, Rose e Marina, como sabiam desses detalhes, resolveram interferir de várias maneiras, tentando me ajudar na escolha.

A primeira dica trouxe aquelas dores de cabeça terríveis após o *happy hour* e não resolveu.

Dois dias depois, vieram com outra alternativa. Ir a uma igreja. De repente, ouvir um sermão sobre perdão, amor, bondade e ajuda ao próximo alicerçava as lições recebidas de meus pais.

Na semana seguinte, fomos também a um psicólogo, tive uma seção com um orientador profissional e visitamos outros tantos lugares. No entanto, uma ideia interessante surgiu em um terceiro *happy hour*.

A única mamãe entre nós quatro deu sua opinião sobre toda essa confusão e acrescentou sua estratégia se ainda estivesse solteira e com minha idade.

"Posso oferecer mais uma sugestão?", apontou Lídia.

"É lógico", respondemos em coro e caímos na gargalhada.

"Bom", começou dando algumas pausas, enquanto descrevia sua ideia. "Entendo o motivo para você tentar fugir desse relacionamento. Estou acompanhando da janela sua jornada.

Por isso, depois de tantas andanças em busca de uma resposta pronta, pedindo aos outros para dizerem a você o que deve ser feito, qual caminho deve seguir, e como deve se portar, darei minha opinião sobre o que eu faria com 25 anos de idade, linda, e ainda por cima, solteira.

Existe uma oportunidade de crescimento profissional chamada *trainee*", explicou Lídia. "É um cargo oferecido por empresas a pessoas jovens participantes de um programa de capacitação direcionado a recém-formados. Quando selecionada, a pessoa pode ficar de seis meses a dois anos em treinamento, e no final existe a possibilidade da contratação pela empresa. De repente, esta é a oportunidade para alavancar sua carreira, ser totalmente independente e, de quebra, ainda se afastar de Celso. O futuro é uma incógnita minha amiga", Lídia acrescentou. "Contudo, você decidiu nesta etapa de sua vida não ser influenciada por namorico nenhum. E pensando assim, poderia ser uma excelente oportunidade para respirar outros ares. Não acha?".

"É uma dica muito interessante", admiti naquele instante. "Com certeza, vou pensar com carinho".

Depois de ouvi-la, encerramos o bate-papo e voltamos cada uma para sua casa. As horas já tinham avançado, precisávamos descansar e nos preparar para o fim de semana.

Ao chegar em casa, comecei a analisar a dica de Lídia e fiquei muito ansiosa pensando nas possibilidades. Por consequência, corri atrás de informações sobre o tal programa e fiquei animada com o resultado da pesquisa.

Não precisei de muitas referências para sucumbir à ideia, as poucas noções passadas bastaram para tirar minhas conclusões.

Estava estampado na tela de meu *notebook* uma excelente oportunidade de carreira. O programa gerava grande competitividade pelas vagas, por isso o processo seletivo era muito rigoroso.

O objetivo do programa era mais ou menos assim: treinar jovens para exercer papéis importantes dentro da organização.

Qualquer estudante em fase de término da faculdade ou recém-formado, com até dois anos de conclusão do curso, poderia participar desse treinamento.

Havia aplicação de provas de conhecimento gerais, provas específicas, além de entrevista e dinâmicas de grupo com gestores.

A maioria das grandes empresas utilizava desse tipo de programa para descobrir novos talentos. Essa era a vantagem de iniciar a carreira seguindo esse caminho.

Para as empresas envolvidas, a intenção não era apenas conseguir um bom funcionário, mas descobrir novos gestores de sucesso para funções de confiança.

Totalmente seduzida por essas perspectivas, me inscrevi no programa na mesma semana. Depois disso, precisei apenas esperar as primeiras provas do processo.

Agradeço aos céus por ter tomado essa decisão. Por causa dela, tive muitos aprendizados, uma jornada incrível até aqui e alguns amigos inesquecíveis.

Avaliando toda essa história, ao lembrar de Celso, percebo minha teimosia. Não foi fácil me afastar do garoto.

Contudo, naquele instante eu tinha um projeto de vida todo desenhado, nem papai e mamãe interferiam em meus planos

Não tinha o direito de estragar meus sonhos por causa de um sentimento que começava a me incomodar profundamente.

Sendo assim, dei continuidade ao projeto *trainee*, pois me dava a chance da fórmula certa para o momento. A possibilidade de uma carreira profissional e o afastamento de Celso.

XX

— Passados exatamente quinze dias, recebi uma ligação do escritório de recrutamento. Após concorrer com inúmeros candidatos, fui selecionada. Juntamente veio a informação de data e local dos primeiros testes.

Lembro-me de ficar ansiosa e preocupada, pois todo processo aconteceria em Minas Gerais. A inquietação era porque nunca havia estado longe de casa sem ninguém para me socorrer.

Essa situação proporcionava um momento ímpar. Deixava claro que, vivendo sozinha, todas as decisões tomadas seriam somente minhas.

Todos os erros e acertos, a culpa dos fracassos e o êxito das vitórias também, esses sentimentos eram realmente muito intensos e, por vezes, conflitantes.

Lembro-me de mamãe dando orientações nesse período.

"Você precisa crescer", recomendava ela. "Deve aprender a tomar suas decisões, assumir a responsabilidade pelas definições estabelecidas, e se errar, não seja orgulhosa. Você pode se arrepender e voltar ao início".

Normalmente, mamãe concluía com a seguinte frase:

"Essa noção de equilíbrio é conquistada depois de muitos erros e acertos. É obrigatório aprender a lidar com tudo isso".

Sinceramente, não sabia quanto tempo e quantas confusões seriam suficientes para chegar ao nível de autocontrole descrito por D. Dete. Isso também me incomodava.

Eu sabia que poderia ligar e falar com cada um de vocês nos instantes turvos, mas mesmo assim o frio na barriga era um tanto quanto desconcertante.

Ora aflita por não saber como seria viver sozinha, caso conquistasse a vaga, em outro momento super empolgada para explorar e vivenciar um mundo totalmente meu. A ansiedade me consumia, mas eu precisava insistir.

Por fim, o primeiro teste aconteceu. Um mês após me inscrever, solicitei uma licença de sete dias no laboratório para ficar em BH e parti para minha ousada carreira longe da proteção de meus pais.

Foram seis dias intensos, porém muito significativos, voltei com um sentimento de profunda gratidão por ter corrido tudo dentro dos conformes e também por saber que havia aprendido algumas coisas importantes dentro de casa.

Valorizar e trabalhar em família (equipe), ajudar aos menos favorecidos, ser proativa e comunicativa, tentar entender a visão dos outros, buscar resultados em todo momento e, quando criticar, ter alguma solução prevista para apontar.

Aliás, não fomos feitos para atirar pedras nos outros, mas sim para ajudar a construir. Esse tipo de concepção assimilei dentro de casa, e isso era um diferencial.

Antes de retornar a Curitiba, fui informada pelos avaliadores sobre o prazo de comunicação para a próxima fase.

Em quinze dias, segundo eles, os escolhidos receberiam outro telefonema para participar da próxima etapa do processo de recrutamento. Diante disso, regressei tranquila e confiante.

Ao voltar para o laboratório, Lídia, Rose e Marina estavam ansiosas para saber de tudo. Quais eram as avaliações, quais eram as perguntas e como me saí em cada etapa dos primeiros testes.

Durante aquela semana de retorno ao laboratório, praticamente fui obrigada a fazer uma retrospectiva de meus cinco dias em MG. Foram dias muito divertidos e prazerosos, pois, enfim, mais uma vez, estava com minhas melhores amigas.

Enquanto conversávamos sobre minhas novas aventuras, um assunto incômodo vez por outra rondava nossos bate-papos. Eu não tinha como correr desse tópico pelo simples fato de Celso também trabalhar ali.

Dessa maneira, o horário de almoço era propício para um esbarrão e alguns comentários.

Marina revelou a preocupação do garoto na semana de meus testes em BH. Segundo ela, o pobre coitado sondou minha repentina ausência no setor de manipulação e parecia muito angustiado.

Isso mexeu comigo novamente, não posso negar.

Por essa razão, na quinta-feira da mesma semana, parei para conversar com ele.

Estaria mentindo outra vez se não falasse que por pouco esse momento quase mudou meus planos.

Foi bom revê-lo, contudo, sempre fui obstinada, por isso abafei meus sentimentos e segui com minha vida longe do estagiário.

Contei a ele sobre o motivo de minhas férias na semana anterior. Nitidamente, o semblante do rapaz mudou ao ouvir de meus lábios sobre a possibilidade de me desligar da empresa e seguir rumo a novos horizontes.

A justificativa e motivação para isso estava no interesse em alçar voos mais altos, e não havia perspectiva dessa espécie ali no laboratório.

Por alguns instantes, quis consolá-lo ao perceber seu rostinho decepcionado. Entretanto, me mantive firme, um deslize em seus braços, e colocaria tudo a perder.

Meu coração não suportaria o toque do garoto em meu corpo. Minha carne não aguentaria uma aproximação sem se mostrar totalmente entregue, e isso não poderia acontecer. Tinha que ser superado.

Ao fim da tarde, nos vimos rapidamente antes de voltar para casa. Nesse momento, ele me deu tchau, desejou-me boa noite e confidenciou o desejo de me entregar mais uma lembrança.

"Você aceita um *souvenir*?", Celso perguntou.

"Sim", concordei. "Por que não?".

"Lhe entregarei antes de você partir", afirmou ele, se referindo à minha continuidade no programa *trainee*. "Pode ser?".

"Lógico que não", retruquei. "Ficarei ansiosa até receber meu presente", reagi energicamente e sorri.

Fui verdadeira, não aguentaria esperar. Até hoje, não gosto quando me prometem algo, a expectativa do tal agrado me deixa muito inquieta.

Apesar de Celso ser um eterno brincalhão, seus mimos sempre alegravam e afagavam meu coração.

Enfim, sexta-feira chegou — a loirinha continuou. — E eu estava à espera de meu presente logo pela manhã, mas não veio.

O estagiário chegou cedo, cumprimentou a todos, foi até o setor onde me encontrava e apenas gentilmente desejou-me um excelente dia de trabalho e um maravilhoso fim de semana, depois saiu.

Não entendi naquela hora o porquê se referiu também a sábado e domingo, uma vez que deveríamos nos ver no mínimo durante o horário de almoço. Todavia, isso não aconteceu.

Como estava voltando a me inteirar de todos os assuntos dentro da empresa, não tinha conhecimento de um curso de capacitação programado pelo D.G. naquele dia.

Para meu desespero, Celso estava entre os funcionários contemplados a participar do aperfeiçoamento. Sendo assim, o presente não veio.

Fiquei um fim de semana pensando na bendita lembrança. O sábado e o domingo foram muito angustiantes. A expectativa criada pelo *souvenir* foi algo ridículo.

Lembrando agora, poderia me comparar a uma criança de menos de 8 anos de idade à espera do presente de natal.

Entretanto, naquele instante, para mim, o ato de Celso falar antecipadamente sobre o presente foi por pura crueldade.

Não lembro absolutamente de nada daquele fim de semana. Onde fui, o que produzi, causei, fingi, simulei, engenhei, criei, simplesmente a memória apagou.

Exclusivamente, pensei no mimo. Posso dizer de camarote, essas paixonites são complicadas, mas sobrevivi. E a segunda-feira chegou.

A semana começou, e eu desejava ver apenas uma pessoa naquela segunda.

Quando enfim apareceu, minha curiosidade, impaciência e ansiedade tomaram conta de todo o meu ser. Quando dei por conta, antes mesmo de desejar a ele um bom dia, perguntei sobre o tal presente.

Que vergonha.

"Bom dia para você também", fui dessa maneira desarmada por Celso depois de trocar os elementos da tabela periódica, ou os pés pelas mãos. "Eu vou muito bem, obrigado por perguntar", o sarcasmo e a zoação em suas palavras me deixavam mais envergonhada ainda.

"Passei um ótimo fim de semana", continuou tirando a maior onda. "E o curso de sexta-feira foi excelente, você adoraria, com certeza".

E após toda a gozação, retirou-se sem dizer nada acerca do mimo, mas já havia me destruído e não tive como segurá-lo para perguntar novamente.

Mais uma vez, o estagiário foi muito insensível. Pois, após esse contato, em momento algum apareceu em minha frente naquele dia.

O vi somente de longe, no final da tarde, na hora da saída. Sendo assim, não pude falar com ele.

Isso aconteceu por toda aquela semana. Eu o via, o questionava, ele zoava e saía, depois de me desejar um excelente dia. Enfim, chegou novamente a sexta-feira.

A rotina permaneceu habitual, parecia que nada iria mudar até meu *crush* chegar. Cumpriu o seu ritual, cumprimentou nossos colegas e, mais uma vez, adentrou o setor de manipulação para me desejar um bom dia. Porém, desta vez trouxe o tão esperado mimo.

"Desculpe a demora", sorriu ele. "Mas como prometido, aqui está o seu *souvenir*".

"Obrigada", devolvi.

Estava muito ansiosa, por isso não prestei atenção, enquanto ele se punha a justificar a demora na entrega.

"A razão de não tê-lo trazido antes é bem simples, queria apenas brincar um pouco mais com você. Ofereço este mimo com muito carinho e de todo meu coração, espero que goste".

"Verei com carinho seu gesto de aproximação e depois lhe dou um parecer. Tudo bem?", me mostrei amável, tentando esconder a enorme curiosidade.

Celso deu um doce sorriso com uma pinta de sarcasmo, e eu gelei.

"Até depois, então", me deu tchau mais uma vez e saiu.

XXI

"Ele deve me achar uma criança", comentei indignada. Era a hora do almoço e as meninas não se aguentavam de tanto rir.

"Isso é um absurdo. O que esse moleque está pensando?".

Definitivamente, estava furiosa e não queria vê-lo por perto. Se fosse alquimista, iria transformá-lo em poeira, para nunca mais me aborrecer.

"Também", minha irritação continuou explodindo em palavras. "O que poderia esperar de um ser como este? Zomba de todo mundo, não leva nada a sério, seu passatempo é cuidar de seu carro e jogar *videogame*. Não sei como pude criar expectativas", desabafei com muita raiva, no mesmo momento em que Celso adentrava o refeitório.

Estávamos apenas nós quatro naquele ambiente e mais o sem noção do estagiário. Por isso, não deixei passar em branco quando se aproximou e perguntou se poderia sentar-se ao nosso lado.

"Posso assentar aqui?", solicitou, olhando para nós quatro.

Retruquei sem reservas, demonstrando toda a indelicadeza cabível no momento com apenas uma frase.

"Se a Marina deixar, tudo bem, eu não faço questão", Celso aproximou-se pelo lado de Marina. Entendeu perfeitamente que eu não o queria a meu lado. Assentou-se tranquilamente e, em seguida, comentou.

"É impressão minha, ou você não gostou do presente?"

O moleque, sem graça, comentou com um largo sorriso em seu rosto.

Tive a ligeira sensação de uma zoação com minha cara. Sendo assim, pedi licença e me retirei. Porém, antes de sair, voltei em sua direção demonstrando toda minha frustração e perguntei o que ele queria dizer com aquilo.

"Você me acha uma criança?", pressionei Celso. "Mais um brinquedo?", estava fora de mim de tanta decepção e assim prossegui:

"Para o seu conhecimento, literalmente, sua opinião não tem a menor importância. No entanto, achei que me respeitava um pouco mais.

Por que um ferro de passar roupa? Isso definitivamente eu não entendi. Se existia alguma alusão a um possível relacionamento, esqueça", concluí meu discurso, dei as costas e saí transpassada de tanta raiva.

Passei a tarde tentando me acalmar e entender meus sentimentos. Ora estava rindo sozinha, ora a irritação tomava conta, ora me dava vontade de chorar.

Um tempo depois, Lídia, Rose e Marina estiveram no setor e rimos um bocado. Elas também não entenderam tanta indignação.

Aquela situação foi motivo de muitas teorias carregadas de infinitas teses. E em meio às brincadeiras, as meninas sussurraram alguns cenários que ficaram em minha mente por muito tempo.

Ainda hoje penso naquelas suposições feitas por Rose, enquanto todas zombavam de mim.

"No primeiro momento, ficaria tão furiosa quanto você ficou", comentou Rose. "Mas, em seguida, fiquei pensando. Por que Sônia ficou tão brava assim? A conclusão é muito convincente, acompanhe meu raciocínio", continuou com a zoação.

"A loirinha esperava um anel de compromisso e o irracional deixou claro que o seu único comprometimento é com suas brincadeiras", Rose concluiu e as outras concordaram com largos sorrisos.

O fato de as meninas terem tirado um tempo para ficar ao meu lado ali no setor foi de grande ajuda. Fui capaz de me distrair, desencanar do garoto e estava pronta para colocar aquele fatídico dia na página do ontem.

Enfim, consegui deixar os pensamentos em ordem dentro de minha cabeça, e o dia passou.

A noite chegou, já estava dentro de casa em meu quarto e me encontrava um pouco mais calma. Apesar de ter repudiado o brinquedo, não joguei no lixo, entretanto deixei-o no laboratório.

De certa forma, tinha a sensação de que a história ainda não tinha encontrado seu fim.

Quase como um ritual adquirido, por causa dos anos de faculdade, antes de dormir fui ao PC, vasculhei os *e-mails*, apaguei os *spams* e visualizei os mais interessantes. E adivinhem, mais uma vez Celso havia mandado uma mensagem.

O título, "A trilogia dos brinquedos", era muito oportuno.

Nunca o vi como filósofo e de forma alguma imaginava fluir daquele estagiário atitudes com selo reflexivo. E mais uma vez, fui surpreendida.

Fiquei maravilhada com o que ele planejou para mim. Não era profundo, mas encantador e intensamente significativo.

Dessa maneira, como o corpo precisa do coração bombeando o sangue para irrigá-lo, precisei com urgência devolver a mensagem com um pedido de perdão.

O *e-mail* enviado foi este aqui:

Oi, Celso.

Boa noite!

Espero que esteja bem. Quando ler estas linhas não precisa respondê-las. Apenas quero dizer por aqui o mais rápido possível o quanto estou arrependida por não ter equilibrado meus ânimos.

Deveria ter dito que não estava entendendo nada, ser mais humilde e ter perguntado o significado dos seus souvenirs.

Desculpe-me, não queria ofendê-lo e nem ser ingrata, mas não esperava algo tão fascinante. Escusa-me, mas escrevo o que penso ser verdadeiro.

Normalmente, você se mostra um garoto desmiolado, imaturo e quase infantil com suas brincadeiras. Então, como eu poderia reconhecer neste estagiário uma pessoa tão intelectual assim?

Como um furacão brincando em uma roda gigante sem realizar uma catástrofe no restante do parque de diversão é a pessoa que se apresenta nesses e-mails e esses mimos. Não consigo entender você, mas isso me surpreendeu de novo. Por isso, quero pedir perdão, do fundo do meu coração.

Mais uma vez, me perdoe.

Tenha um excelente fim de semana e até segunda.

Um Beijo.

Ass.: Sônia.

Foi mais um fim de semana daqueles. Contei o tempo para ver se as horas passavam mais rápidas, iniciei a leitura de dois livros, mas nenhum deles me chamou a atenção.

Lembro de procurar algum filme novo no cinema, dar algumas voltas em todo o *shopping* e de alguma forma ajudar o relógio com as horas, procurando algum seriado para me entreter. Mas, não tive êxito.

O que mais queria naquele sábado era que o domingo terminasse e às 7 da manhã de segunda eu pudesse adentrar o laboratório para esperar meu *crush* chegar.

Quem sabe, se isso acontecesse, não tivesse passado tanto tempo longe de Curitiba.

Não me arrependo de minhas decisões, creio ter acertado em quase todas as metas fixadas para minha vida. No entanto, tenho plena convicção. Meu futuro, a partir daquele ponto, seria diferente, caso o tivesse encontrado.

Mas, a vida não quis assim, e sucumbi ao nosso acordo.

O final de semana passou, a segunda-feira chegou e fui para meu local de trabalho. Naquele dia, impreterivelmente, dez minutos antes estava lá. Enfim.... — De repente, o monólogo de Sônia foi interrompido por sua irmã.

— Espera aí! — Amanda falou com as mãos na cintura com aquela cara de você está escondendo algo. — O que Celso escreveu no *e-mail*? Qual era a trilogia dos brinquedos? Você não vai passar por cima desse momento da história. Estou aqui quase o dia todo interessada em um final extremamente interessante.

D. Dete concordou com a interrupção de Amanda, franzindo a testa e acenando com a cabeça, dessa maneira a mais nova dos Duarts precisou retomar o assunto.

— Então — Sônia voltou à história. — A mensagem explicava sua imaginação para minha vida. Pra isso acontecer, precisaria, além de meu interesse, ser determinada e focada. Ele acreditava em meu potencial.

Sônia parou para pensar por alguns instantes em tudo o que acabara de falar e no *e-mail* enviado por Celso há quase vinte anos atrás.

Diante disso, após um longo suspiro e uma profunda reflexão capaz de lacrimejar seus olhos, a loira concluiu seu pensamento.

— Ele confiava plenamente em mim. Se o tivesse escolhido como mentor, a esta altura da vida, ele estaria cheio de orgulho.

— Você está mudando de assunto — comentou Amanda, mais uma vez Sônia foi interrompida.

Amanda e D. Dete demonstravam profunda curiosidade no conteúdo da mensagem recebida por Sônia duas décadas atrás.

Na certa, esse *e-mail* guiou, ajudou e ainda orientava a caçula dos Duarts.

XXII

—Tudo Bem—concordou Sônia em ler o *e-mail*.—Então, vamos à mensagem de Celso.

Depois de me cumprimentar e perguntar se já estava um pouco mais serena e tranquila, visto que nunca havia assistido a uma cena comigo tão irritada, me orientou a ler o texto até o final.

Segundo ele, seria importante. Com isso, eu entenderia seus planos com os paparicos.

Em seguida, colocou-se a detalhar sua imaginação sobre cada um dos presentes entregues em minhas mãos.

Acompanhem estas linhas:

"Dei a você três lembranças, certo?", escreveu em sua mensagem. "Você os recebeu, olhou e entendeu apenas como brinquedos.

Contudo, gostaria muito que, por um momento somente, deixasse-me conduzi-la a uma definição não tão convencional a respeito desses mimos entregues a você. Para fazer algum sentido, espero que os tenha guardado.

Número um, por que um carrinho?

Lembro-me daquele bate-papo no refeitório com a nossa turma", começou a descrever a cena. "E você comentou sobre a vontade de comprar outro veículo, ou trocar o atual.

Não me recordo completamente, porém neste dia pensei em tocar seu coração de maneira diferente.

Como não tinha e ainda não tenho condição de presentear-lhe com um automóvel em tamanho real, decidi comprar o primeiro souvenir.

Aproveito para responder: 'NÃO', de maneira nenhuma a vejo como uma criança.

Sei sua idade. É maior de idade, vacinada, equilibrada, e existem muito mais adjetivos para definir sua personalidade.

A razão dos brinquedos é muito simples. Recebi esta lição desde muito cedo. Pessoas que entregam brinquedos normalmente são confiáveis.

Os pais, os padrinhos, os tios e avós, normalmente familiares. Pessoas com um carinho muito especial querem o nosso melhor sem pedir nada em troca.

Com esta explicação acredito ter resolvido esta equação. Sendo assim, em minha opinião, o carrinho oferecido como presente tem tudo a ver com você.

Desde nosso primeiro esbarrão, percebi que não era uma simples menina e, por isso, não será uma profissional qualquer.

Um veículo tem relação com direção. É você quem o leva aonde quer, logicamente, depois de legalmente habilitada.

Sua vida segue o mesmo princípio. Por esse motivo, olhe para sua existência, se possível compare-a a um automóvel e diga-me: em alguns momentos não são, ou serão semelhantes?

Você conduz o carro, e deve conduzir sua vida.

Você deixa quem quiser entrar em seu veículo, e também em sua vida.

Você tem o dever de abastecer seu automóvel e também o seu existir, por meio de conhecimento intelectual, espiritual e suprimentos para o corpo.

Você pode andar em alta velocidade, mas não deve. Igualmente em sua vida, pois seu corpo de alguma forma irá cobrar cada uma de suas aventuras.

Você pode entrar na contramão, o melhor é não fazê-lo. Porém, se quiser, ou se errar, é possível. Afinal, ninguém é perfeito.

Sua existência, por consequência, segue o mesmo roteiro.

Irão aparecer alguns arranhões no veículo, não tem como evitar, lamentavelmente também em sua pessoa, e pasme, não há como lhe proteger.

Quando isso acontecer, não se desespere, sempre terá um lugar para polir a lataria, tirar os arranhões, basta reconhecer e reservar um momento para se cuidar.

Ao olhar para o seu carro, lembre-se, dirigir significa o ato de conduzi-lo para chegar a algum lugar. Isso quer dizer sair de uma posição com a intenção de conquistar outro posto.

Não há problema em ser ambiciosa, apenas incentivo um especial equilíbrio. Avance passo a passo. Os arrependimentos não devem ser carregados de culpas. Mas, se existirem, que se refiram apenas às oportunidades perdidas.

Pois essas últimas podem ser comparadas a sonhos. E lembre-se, sonhos lhe impulsionam a conquistar e a culpa tem o poder de lhe parar. Por isso, tenha equilíbrio.

Desejo de toda minha alma, conduza o veículo denominado sua vida e aproveite intensamente essa viagem. Não deixe de apreciar cada paisagem à sua frente. Tente perceber todos os detalhes passando ao lado.

Se conseguir, aproveite cada segundo para ser feliz, pois cada instante desses será único e não voltará nunca mais.

Sendo assim, como é muito inteligente, acredito que já entendeu. Você é como um veículo em movimento. Portanto, sugiro mais alguns cuidados; antes de sair para qualquer viagem, dê uma pequena parada para revisão, ou reflexão.

É de suma importância ter os freios em perfeito estado. Pois, para evitar uma colisão, quer dizer, situação equivocada, é preciso de excelentes breques, muita atenção e seus reflexos apurados.

Como já me referi, esse veículo representa sua vida, por isso, cuide-se. Quem sabe em algum instante você ofereça carona a alguém e, depois de algum tempo, o deixe dirigir e até conduzir seu carro, então entenda: o carona, a pessoa ao lado, só tem o poder de comandar o motorista se estiver de táxi. O condutor do automóvel é quem está com as mãos no volante, quem está ao lado simplesmente vai para onde o motorista o levar.

Portanto, como isso se refere à sua vida, minha dica é: Não deixe seu "cockpit" nas mãos de outras pessoas, você pode sofrer um acidente.

Existe a possibilidade de entrar em acordo e aceitar alguém como um copiloto, ou navegador. Ele estará ali para ajudar. Talvez até você seja esse personagem. Quanto a isso, tudo bem, quando bem ajustado, você estará feliz.

No entanto, o mais importante ao pensar em um carro com relação à sua pessoa é responder se ele é seu. E se for?

Está no caminho certo? Com o carona certo? Ou com o navegador ou copiloto definido?

Se a resposta for um não, basta acertar o caminho, desembarcar o penetra e seguir. Contudo, se vier com um grande e maravilhoso 'SIM', curta a viagem, não se preocupe, caso seja necessário traçar novas rotas, trajetos e percursos. Apenas, seja feliz.

Lembre-se, ninguém dirige com medo, não se prossegue sem ter certeza de estar preparado. Portanto, é você quem deve saber a hora de seguir para o próximo nível.

Quem está de fora simplesmente estará torcendo pra você colocar as mãos no volante e ter uma deslumbrante, encantadora e inesquecível jornada.

A vida é sua, pense bem e dirija com cuidado".

XXIII

"O segundo mimo foi um liquidificador. Já soube que neste momento você iniciou uma pesquisa, uma investigação, ou reflexão com suas amigas a meu respeito.

Ouvi algumas pérolas sobre esses bate-papos, um passarinho me contou", vangloriava-se o pirralho, além de encher a mensagem de risos, "rsrs" e mais risos "rsrs", parecia satisfeito e orgulhoso.

"Pois bem", continuou Celso. "Responda rápido. Qual é a utilidade de um aparelho desses? Você tem alguma ideia, senhorita Sônia?

Poderíamos, sem medo de errar, também relacioná-lo à vida. Contudo, acredito que esse tipo de utensílio melhor se encaixa nas comparações das possibilidades de escolhas.

Pense comigo, você tem a vida inteira pela frente e, em todos os dias, horas e minutos, terá uma enorme gama de probabilidades, alternativas distintas e opções que poderão, ou não, entrar na classificação das mais belas e raras vistas por você.

Caso necessite escolher, optar por uma e deixar a outra sem ao menos saber se teria ou não uma terceira opção, será uma pena. Pois bem, nesses casos raros, lhe deixo a dica; use o liquidificador.

Agora, você é uma manipuladora na área química, entenda-se, profissional graduada em Química.

Portanto, não tenha medo de misturar. A senhorita sabe a quantidade de substâncias basilar para conseguir o resultado como uma alquimista preparadora de poções mágicas, então mãos à obra.

Se pensar um pouco na vida, julgue. O tempo de formação não se compara ao da faculdade.

Segundo meus avós, essa forma de aprendizado é muito mais lenta. Isso porque os seres humanos ignoram o aviso dado pelos outros.

Para meus avós, temos o péssimo hábito de desconsiderar os conselhos de nossos pais, dos mais velhos e até mesmo a opinião de amigos. Por essas e outras, o que resta é aprender pelos próprios métodos.

Traduzindo. Nos machucamos, por pisar onde não devíamos ter pisado, mesmo após o alerta de pessoas cheias de experiência, cicatrizes e marcas referentes a tal assunto.

Somos golpeados ao colocar a mão onde não seria necessário, ao se apaixonar por quem não deveria e ao insistir em misturas sem nenhuma equivalência química. Mas, o lado incrível da vida é esse, pois as escolhas serão somente nossas. E por isso, nossa responsabilidade. Isso nos leva ao crescimento.

Sendo assim, pense nisto, a mistura fica por sua conta.

Utilize o liquidificador para fazer sua existência melhor. O doméstico, para o preparo de uma infinidade de alimentos como sucos, vitaminas ou outras iguarias.

O outro, como instrumento, lhe confere o poder de controlar as experiências da vida. Lhe dará habilidade para conseguir a combinação perfeita para ajudar a resolver conflitos, conduzir situações e ter uma escolha mais coerente.

Apenas use a sensatez na fase dos testes. É importante perceber quando algum tipo de mistura traz o risco de desconforto.

Como o misto de laranja e cenoura, goiaba e banana, abacaxi e leite. Para muitas pessoas essa combinação é um veneno.

Do mesmo modo, isso pode acontecer com situações vividas em todos os dias. Por isso, lembre-se sempre, o misturador estará em suas mãos.

Quem sabe, venha arder em seu íntimo um desejo descomunal para fazer uma combinação de ingredientes com aparência relevante? Contudo, deixo um alerta.

O aparato de fusão, as experiências misturadas e a vida pertencem a você. Tudo é seu e está em suas mãos. Mas, as consequências também, sejam boas ou ruins, serão somente suas.

Considere isso, apenas quero o melhor para você. Conquiste, desenvolva-se e seja feliz.

Fatalmente, você lançará mão de sua engenhoca filosófica para associar algumas coisas durante sua longa jornada.

Por isso, friso mais uma vez. Neste instante, terá o poder das escolhas, das misturas, decisões, experimentos, responsabilidades e, enfim, de toda sua vida.

Faça o melhor que puder, tenha equilíbrio e viva feliz.

E não se esqueça de sorrir."

XXIV

"Por último e não menos importante, o souvenir entregue a você foi um ferro de passar roupa. Quanto a isso, soube de sua profunda indignação. Não parou um segundo para juntar as pontas.

Deve ter imaginado se tratar de uma insinuação para um futuro qualquer, colocando-a como uma despretensiosa dona do lar. Não que seja simples a tarefa de uma dona de casa, haja vista o trabalho árduo das mães e empregadas domésticas realizado em todo santo dia. Entretanto, não foi esse o motivo do presente.

Sendo assim, vamos direto ao ponto. Mais uma vez, minha linda e engenheira química, tinha e tem a ver com sua vida.

Vamos conjecturar um pouquinho. Por que o ferro de passar? Você fez esta pergunta? Pelo sim ou pelo não, apresentarei minhas justificativas.

Gosto de pensar nesse objeto como representante do poder para autocorreção.

Com ele, você adquire a habilidade de remover falhas, tem a possibilidade de aperfeiçoar-se e, ainda em seu caso, beneficia-se de um processo químico ao alinhar qualquer roupa usando o spray de água.

Lamentavelmente, não consideramos nossas vidas perfeitas.

Somos humanos e carregamos uma espécie de embrião de explorador. Pelo menos a grande maioria das pessoas nasce com uma ardente vontade em descobrir coisas novas.

O inconveniente nessa constante busca são os infelizes aborrecimentos.

Algumas escolhas, decisões e perspectivas carregadas com interesse em crescer, viver, aprender, conhecer, curtir, para, quem sabe, no final ter a oportunidade de contar aos mais novos as experiências e aventuras, podem trazer decepções e frustrações.

Quer dizer, amassou, quebrou, dobrou, entortou ou enrolou. Nesse caso, é preciso algo como o ferro de passar roupa para alinhar as coisas. Isso é uma metáfora, ok, Soninha?

Continuando.

Para chegar à assertiva desejada, por vezes, erramos com pessoas amadas. Não sabemos corretamente o tempo certo de cada etapa, e, por isso, não raramente ultrapassamos os limites daqueles merecedores de nosso respeito.

E nesse momento, é aconselhável lançar mão deste símbolo figurado no presente para endireitar as situações.

Como pessoas em plena era da informação, deixamos de olhar para o tempo como faziam os mais velhos. Eles olhavam para o céu, observavam as nuvens, o vento, as fases da lua. Sabiam o tempo certo para plantar, cultivar e para colher.

E em nossa pressa, como crianças anelantes a desvendar o desconhecido, nos esquecemos de regras básicas e sutis em quase todos os assuntos.

Por exemplo, negligenciamos o fato de tudo na vida fazer parte dos princípios semear, desenvolver, maturar e só depois usufruir.

Desculpe se estou sendo repetitivo, mas, normalmente, quando não esperamos o tempo certo para a tal maturação em qualquer área desejada, erramos.

E de novo, se isso acontecer, lembre-se do objeto com poder de alinhar as falhas, ele será importante em sua caminhada.

Irá melhorar sua prática, ajudará a alisar o imperfeito, limpará rascunhos de projetos em seu trabalho e trará a certeza da ordem. Talvez até seja necessário antes de apresentar novas ideias aos outros.

Por fim, concluindo. Esses brinquedos vão ajudá-la em momentos tensos. Quando estiver perdida, lembre-se do carrinho, é você quem deve estar no controle, portanto retome o volante de seu veículo e siga.

Quando encontrar-se em situações de muita desordem, olhe para o liquidificador, a sugestão em alguns casos é fazer uma combinação muito radical com seu misturador.

Erros podem acontecer, é natural em qualquer fase de experimento, mas o poder para fazer estará ao alcance de suas mãos, não desperdice a oportunidade de brincar como alquimista.

Recomendo apenas uma dose espetacular de equilíbrio, isso com certeza trará muita paz.

E em última análise, se ainda estiver muito amarrotado, use o ferro de passar e alinhe tudo o que quiser e estiver ao seu alcance. Se for sua responsabilidade, é claro. Não carregue o fardo dos outros, você já tem fardos pesados demais.

Com certeza, nada será tão simples como escrever, entretanto confie em mim, doce loirinha. Você nasceu para conquistar, então não aceite menos do que o sucesso merecido.

Diante do exposto nestas linhas, espero ter acalmado seu coração quanto aos mimos entregues com muito carinho a você.

Torço para que jamais esqueça deste estagiário. Desejo tudo de bom.

Vejo você segunda, tenha uma excelente noite e um maravilhoso final de semana.

Um beijo no coração, e não se esqueça de sorrir, esse é o sorriso mais lindo que já vi.

Ass.: Eu."

Depois da leitura do e-mail, como já mencionei, pedi desculpas e esperei as horas passarem. Descobri que precisava falar com ele *face to face*, e de repente acertar algumas coisas.

Naquele momento, borbulhava em meus pensamentos uma tese a ser defendida no que tange a meu *crush*. Talvez o rapaz representasse a essência dualista.

Alguns maldosamente poderiam falar sobre falta de caráter, quanto a mim, penso em sua essência como simplesmente inocente.

Próximo aos rapazes, comportava-se como um completo idiota, quem sabe para se fazer notado, ou se sentir inserido na alcateia.

Contudo, há algum tempo eu já sabia que, quando ficava sozinho em frente de seu computador, comportava-se como um erudito, douto e culto.

Um romântico com algum tempero filosófico e quase um cavalheiro. Enfim, acho que me apaixonei.

E esse sentimento era muito bom.

XXV

— O final de semana passou, a segunda-feira chegou e, mais uma vez, corri apressadamente para o laboratório.

Entrei na empresa um pouco mais cedo, precisava vê-lo, falar com ele, quem sabe abraçá-lo, não sei ao certo, mas não poderia passar daquela manhã.

Algo incrível fervendo em meu coração. Meu corpo inteiro tremia só de pensar em nosso encontro, minha expectativa estava em alta. Por esse motivo, o primeiro horário do dia foi uma catástrofe. Recordo-me de não ter acertado uma só fórmula.

Nove horas em ponto, ouvi a voz de quem tanto esperei. Um arrepio subiu em minha espinha, meu coração acelerou mais ainda e comecei a suar.

Percebi meu estado emocional muito alterado e, por isso, decidi ir ao banheiro rapidamente, antes de ficar cara a cara com meu possível futuro.

Estando sozinha, fiz um exercício de concentração e autocontrole baseado em ioga. Suspirei e disse a mim mesma, "contenha-se, é necessário apenas um bate-papo informal, com um simples pedido de desculpas. O restante é só deixar acontecer".

Nessa cadência, voltei para minha rotina.

Depois de um tempo, já em meu habitual local de manipulação, na espera da entrada de Celso e pronta para ficar *face to face* com ele, reparei em sua demora para me desejar um bom dia.

Talvez já tivesse passado por ali, justifiquei seu atraso. Dessa maneira, fui até o setor ao lado onde seu Paulo trabalhava perguntar sobre o rapaz:

"Tudo bem, seu Paulo?", puxei o assunto. "Desculpe o incômodo, é rapidinho. Por um acaso o estagiário já passou por aqui?".

"Sim!", seu Paulo respondeu com um sorriso amável e terno. "Deixou o recado que voltará mais tarde para falar com você".

"Obrigada", agradeci e acenei com a cabeça, mas meu semblante me denunciou, e seu Paulo percebeu minha momentânea aflição.

"Acalme o seu coração", aconselhou-me seu Paulo. "Tudo tem o tempo certo para acontecer, simplesmente respire, aquiete sua alma e viva sua história", concluiu novamente com aquele doce sorriso.

Balancei, mais uma vez, a cabeça, concordando gentilmente, agradeci e me afastei lentamente do lugar. Entretanto, antes que eu saísse totalmente daquele setor, seu Paulo me deu um conselho muito interessante.

Algumas vezes, todos os colegas de seu Paulo ali no laboratório tinham uma impressão estranha sobre ele. Parecia um cartomante sem carta, médium, ou profeta, conseguem entender?

Por vezes, falava sobre eventos estranhos antes de acontecer, e eles acabavam acontecendo. Por isso, nesse dia, fiquei muito incomodada com aquelas palavras, elas carregavam o peso de uma advertência.

"Você terá uma decisão muito importante a tomar hoje, mocinha", afirmou gentilmente e sorriu.

"Quer um conselho? Não deixe as oportunidades passarem, elas não voltam", finalizou o comentário solicitamente, virou-se em direção a seu computador e continuou sua rotina naturalmente como se nada estivesse acontecido.

"Obrigada, mais uma vez!", só consegui pronunciar isso naquele momento estranho, e dessa vez saí rapidamente.

Quando cheguei à minha mesa, as palavras de seu Paulo ecoaram em minha mente, e dessa vez, uma emoção estranha invadiu minha alma.

Primeiro, veio uma sensação de repúdio. Pensei alto e falei sozinha sobre aquele mistério. Em seguida, uma infinidade de questões passou por minha cabeça a ponto de me fazer esquecer o lampejo apaixonante por Celso.

De que decisão ele estava falando? O que precisaria escolher? O que não deveria deixar passar? O que valeria a pena? O que poderia nunca mais voltar?

Muitas perguntas vieram à minha cabeça e passei quase umas boas horas sem saber o que estava fazendo dentro do laboratório.

Se me perguntassem depois do almoço sobre o relatório da produção da manhã, sem dúvida alguma não saberia responder, tamanha foi a desordem mental provocada pelo parecer de seu Paulo.

Entretanto, mais uma vez o profeta, o médium ou o *Hagrid* do 'labo-loco' estava coberto de razão.

Alguns minutos antes das 11 da manhã, meu telefone tocou, e mamãe estava eufórica do outro lado da linha. O motivo era simples: meu nome havia sido escolhido para a próxima fase da seleção de *trainee*.

"Você irá passar alguns dias novamente em MG", mamãe me comunicou naquele instante.

"Então, peça o restante das férias ou peça demissão de uma vez da empresa, e já siga definitivamente. Pelo menos você não terá a preocupação de escolher se precisa ou não voltar", foi o conselho desta mulher amada.

Fiquei extremamente alvoroçada com a notícia, e rapidamente segui em direção à sala do D.G.

Antes, precisei passar no RH para saber corretamente sobre a política da empresa com relação ao restante das férias dos funcionários. Lá fui informada da postura da empresa quanto às minhas aspirações.

Só me deram licença naquela semana para ficar em BH, porque não imaginavam minha real intenção, caso soubessem, não teriam concedido a liberação.

Sendo assim, para dar continuidade à experiência no programa para *trainee*, seria necessário pedir o desligamento do laboratório de modo voluntário.

A situação não estava exatamente como eu queria. Meus planos não se achavam tão claros como outrora; nessa fase da história, meu coração não queria mais sair dali e abandonar meus amigos.

Contudo, nesse instante, fortemente as palavras de seu Paulo ecoaram em minha mente, me levando a refletir sobre uma grande decisão.

"Você terá que fazer uma escolha muito importante hoje. Não deixe a oportunidade passar".

Saí como um raio do RH, precisava pensar. Por isso, vim me refugiar em casa.

Recordo-me de entrar aqui com a cabeça desestabilizada, por causa do estagiário, e encontrar mamãe muito mais eufórica do que eu.

Mesmo assim, a senhora teve a sensibilidade de olhar em meus olhos e perceber uma intensa aflição e uma dúvida com um enorme poder para me parar.

Naquele momento, ouvi o seguinte conselho sendo dito em alto e bom tom aqui mesmo neste quarto.

"Filhinha", começou D. Dete. "Percebo uma angústia em seu olhar, por isso preciso incentivar. Essa decisão só depende de você. Estarei a seu lado em qualquer que seja sua escolha, mas a definição é somente sua" — Sônia pausou seu comentário.

— Você lembra mãe? Em seguida, você prosseguiu com a recomendação e parecia ter lido o *e-mail* de Celso. Quase com as mesmas palavras, apenas não incluiu os presentes, mas você sugeriu:

"Quem sabe, seja a hora de aprender a tomar as rédeas de sua vida, pegar a direção e seguir. Caso aconteça algo de errado, não se preocupe, estaremos aqui para ajudar, só lhe peço com muito amor, não deixe o medo lhe paralisar.

Você não conseguirá se perdoar, se sua decisão for baseada nesse tipo de sentimento. Meu desejo é que você voe alto, conquiste seus sonhos e seja muito feliz".

Logo em seguida, mamãe saiu do quarto e me deixou sozinha mergulhada em meus pensamentos. Passei até às 5 da tarde daquele dia pensando e ponderando.

Ao final desse período, minha única dúvida esbarrava em meu assunto pendente. Celso, o estagiário. Ele seria capaz de me fazer recuar.

Liguei para o celular dele várias vezes e não consegui contato. Precisava confessar meus sentimentos, deixar claro como estava meu coração e, se possível, demonstrar um desejo desmedido quando o encontrasse.

Mas, parecia que não queria falar comigo. Após muitas tentativas de comunicação sem sucesso, furiosa da vida, o imaginei se achando, zoando e curtindo com minha cara.

Por causa dessa violenta motivação cheia de raiva, acabei definindo minha vida como *trainee*. Para ajudar nessa escolha, ainda tive mais um empurrãozinho.

Por volta das 5 e meia da tarde, o escritório de recrutamento de MG ligou, pedindo a confirmação sobre minha decisão.

"Estamos aguardando você ansiosamente", a agenciadora comentou do outro lado da linha.

Por essa razão, por não suportar, naqueles dias, ser ignorada e querer tudo de maneira rápida como micro-ondas, minha decisão experimentou o dualismo entre um acertado êxito profissional e um doloroso sim para uma alma apaixonada. Escolhi, sem ter tempo de me encontrar com aquele que por inúmeras vezes me fez sonhar.

XXVI

— Dois dias depois, estava de partida em direção a BH, Minas Gerais, acabei acostumando com o lugar e me estabeleci ali por todos esses anos. Aprendi a amar ainda mais os mineiros, entretanto nunca mais fiquei frente a frente com meu *crush*.

Recebi um torpedo de Curitiba logo no primeiro dia em BH. Definitivamente, achei um absurdo, dizia o seguinte.

"Saindo de fininho, Soninha? É bem o teu jeitinho. Mesmo assim, lembre-se de minha admiração por você. Não esquecerei facilmente seu rostinho. Beijos de seu amigo brincalhão."

Ao concluir a leitura da mensagem, liguei para ele. Precisava contar sobre meu esforço em procurá-lo e não o encontrar. Queria deixar claro que passei algumas horas da tarde tentando entrar em contato, sem sucesso, e somente desisti da busca, porque pensei que não queria atender meu chamado.

No entanto, mais uma vez, Celso estava muito ocupado com seus afazeres e não atendeu minha ligação.

Depois dessa última mensagem, enviou mais alguns *e-mails*, mas, talvez pela distância, simplesmente deixou de escrever.

Quanto a mim, estava empenhada nos treinamentos, apesar de encantada por ele, não havia espaço para um romance, e assim, nosso relacionamento acabou antes de começar.

— Acaba assim? — perguntou Rita, decepcionada. — Ele nunca mais foi atrás da titia? Ligou para você? Ou coisa assim?

— Posso afirmar que sim, lamentavelmente — Sônia, com o coração aberto, respondeu à sua sobrinha. — Nunca mais nos falamos.

Percebendo que todas aquelas lembranças, partilhadas por Sônia, haviam trazido novo ânimo à sua irmã, Amanda cutucou a continuar com suas aventuras.

— Fale um pouco dos outros *e-mails* recebidos — insistiu a mais velha das irmãs.

— Não tem nada de mais neles — Sônia devolveu, dando de ombros, com gestos de quem já havia perdido o interesse pelos escritos. — Alguns estavam carregados de romantismo. Mas, como dito, estava muito longe e em outra *vibe*, não tinha como me deixar levar.

— Tudo bem, entendo você — retrucou D. Dete. — Mesmo assim, queremos ouvir sobre as outras mensagens, não podemos?

— Está bem, mãe — reagiu Sônia. — Afinal, preciso reconhecer. Recordar essas histórias acendeu uma centelha há um ano desaparecida. Mesmo assim, lerei apenas os três últimos, combinado?

No primeiro, não necessariamente nesta ordem, ele mandou o *link* de um vídeo, ouçam:

Oi, 'Jim', tudo bem?

Segue o link do vídeo de uma música falando sobre uma intensa amizade entre dois grandes amigos, assemelha-se a nós dois. Quando encenam um beijo através da sombra, não pude deixar de me imaginar beijando você!

O segundo era um pouco mais extenso.

Oi, 'Jim'

Só passando para deixar registrado em sua memória esses momentos inesquecíveis, assim você não esquecerá deste chato.

Primeiro, algo sério, pois você merece o melhor:

O futuro pertence àqueles que acreditam na beleza de seus sonhos. Elleanor Roosevelt[12].

Portanto, acredite, tem muita gente aqui torcendo por você...

Agora, você é quem decide se quer continuar lendo. Caso não continue, só para lembrar, você mora em meu coração e não paga aluguel.

Então, lembra-se daquele pijama? Pois é, ele não é tão ridículo, você não precisava parar de vir trabalhar com ele, é seu mesmo. Aconselho usá-lo quando quiser. Assim, vai se recordar de nós dois (risos).

Lembrei-me também daquela história em que você se chamou de felina, tigresa e etc... Na verdade, até hoje não entendi muito bem, mas, em todo caso, o fato ficou registrado, e é melhor eu não pensar muito, pois, afinal de contas, sou um menino, e é razoável não divagar nesses assuntos ou posso imaginar mil coisas (risos).

Outra situação, um tanto quanto constrangedora foi o instante de ciúmes dentro do carro, e tudo por causa de uma dança no corredor (risos).

Mais uma vez, vou deixar claro, quando precisar de um par, é só me mandar um sinal, um e-mail ou uma simples carta. Terei um enorme prazer em tirar você pra dançar.

Entretanto, não será muito produtivo lembrar deste que vos escreve enquanto se dedica à sua carreira, portanto, senhorita, aconselho a parar de usar seus poderes telepatas e focar em seu trabalho.

Dando esta dica neste momento, sabe como me sinto? Mais ou menos assim: vou plagiar: como o Coyote sem o Papa-léguas, ou o Frajola sem o Piu-Piu, ou o Tom sem o Jerry. Triste, né? Mas, vou sobreviver.

Desculpe escrever com este tom, mas senti saudades, estou sem meu prumo, recorda?

Algumas pessoas aparecem em nossa vida e, mesmo sem querer, passam a ser importantes. E você é assim. Não me entenda mal, é só saudade mesmo.

Quero dizer do fundo de meu coração nestas linhas, você faz falta. E por fim, compartilhar este pensamento extraído de um livro muito antigo e uma canção muito especial.

---

[12] Elleanor Roosevelt – Defensora dos Direitos Humanos.

'Menina mulher, cheia de grandeza, valentia e bravura, sua nobreza sobrepuja a reinos inteiros cobertos de pedras preciosas[13].

Mulher com um brilho desmedido, em seu coração cheio de ternura, mostra-se um anjo com doçura.

Tem a força de uma guerreira, a sensibilidade de uma flor, a beleza de uma estrela que ilumina o anoitecer.'

Desejo a você toda sorte do mundo, desejo a você em cada minuto, em cada segundo, sonhos excitantes, muitos sorrisos contagiantes e uma vida mútua de amor e felicidade.

Peço com carinho, não esqueça de mim.

Em tempo:

Ah! Comprei uma barra de cereal para você............ Entretanto, acabei comendo, estava uma delícia! (Risos).

De seu sempre amigo, às vezes chato, mas sempre sincero, brincalhão, um pouco imaturo, mas que a ama de montão.

Para sempre, minha 'JIM'.

Ass.: Eu!

---

[13] Paráfrase – Provérbios 31, 10.

XXVII

— O último *e-mail* é meu preferido, acabei imprimindo todos eles, mas esse gostei tanto que reproduzi para mostrar a uma colega de trabalho; deixe-me achá-lo.

Enquanto Sônia mexia em seu pequeno baú, após passar o dia contando sua história, D. Dete valeu-se do momento para averiguar o estado emocional da filha mais nova.

— Então, minha filha — especulou sua mãe. — Como você se sente depois de confidenciar tudo isso à sua família? De alguma forma, vejo seu semblante mais recuperado — D. Dete concluiu a questão com sua voz cheia de ternura.

Por uns minutos, a caçula de casa demonstrou realizar uma rápida avaliação em seu discernimento.

Pensou, refletiu, olhou para sua plateia e, em seguida, um deslumbrante sorriso iluminou seu rosto, trazendo um novo brilho aos seus olhos, acompanhado de um clima de contentamento e alívio que envolveu todo aquele ambiente.

Todas as personagens no quarto se emocionaram com a leveza demonstrada na expressão de Sônia. Aquela fisionomia carregada, angustiante e depressiva dava sinal de ter desaparecido.

Nesse momento, Sônia demonstrava ter recuperado a garra de outrora e, apesar de algumas lesões e arranhões causados por feridas internas, voltar e trilhar seus passos, e controlar sua vida era tudo o que precisava.

— Respondendo à sua pergunta, mamãe — devolveu a caçula —, depois do *e-mail* recebido, antes de voltar para BH, tive certeza. O estagiário me fazia bem — Sônia dá um leve sorriso e prossegue.

— Depois destas horas aqui com vocês, relembrando toda esta história, sou capaz de fazer algumas ponderações sem sentir tanta angústia. Quem sabe até alguma análise um pouco mais criteriosa a respeito de fatos acontecidos há pouco tempo. Contudo, é apenas o primeiro passo.

Depois de trinta dias enfurnada em minha antiga cama, é possível afirmar que o retorno ao meu ninho se mostrou regenerador, abriu uma pequena passagem para me tirar desse universo sombrio vivido por mais de um ano.

Sinto meu corpo ainda anestesiado, como quem está se recuperando de algo muito dolorido. Entretanto, falar sobre essas coisas me trouxe certa dose de alívio e, por isso, estou melhor, ainda não sei mensurar o quanto estou recuperada, mas, sim, me sinto muito bem.

De alguma forma, ao recordar esses poucos dias do laboratório, determinadas situações foram sendo encaixadas e rearrumadas em minha mente. E isso está me reanimando, me colocando para cima.

Tive um mentor no início de carreira. Ele sempre falava sobre lembrar daquilo que me faz bem. E apesar de tanta confusão, essa história me faz sorrir.

Parece-me que o fato de falar desses eventos cheios de turbulências, aliado a um conflito emocional distante, trouxe luz ao momento. E esse desânimo, essa angústia e essa dor que me faziam prisioneira estão indo embora.

Talvez porque aceitei a decisão de deixá-lo, resolvi uma pendência. Quem sabe, se porque reconheci que perdi um grande amor, desatei outro nó em minha alma.

Ou porque, após analisar toda a situação, posso reafirmar que todas as decisões tomadas tinham um objetivo pessoal. E graças a Deus, a meus pais e aos meus esforços, conquistei, e isso estabelece outra cura em minha mente sofrida.

Mas, acima de tudo, já consigo reunir forças para chegar ao lugar de bom senso. Quase no ponto de equilíbrio para entender e aceitar que ainda existe tempo de viver outro grande romance, sem precisar se humilhar em busca de um olhar.

Sinto como que um peso estivesse sendo tirado de minhas costas e, por isso, hoje espero dormir como um anjo.

Por precaução, é melhor continuar com muita calma nessa hora. Aliás, já que a senhora me deixou voltar para casa, pretendo curtir mais um pouquinho a vida de caçula, o mimo de vocês é incomparável.

É um diagnóstico simplista de uma química batalhadora, uma gerente comercial muito focada, e não de uma psicóloga ou psicanalista, porém uma análise muito agradável e confortante.

Sônia concluiu sua observação e jogou-se no colo de sua mãe e da irmã para desfrutar o momento harmonioso que invadiu o ambiente, Rita também pulou em direção às três, afinal agora ela era a caçula do lar.

Aproveitar esse início de recuperação, enquanto brincavam e se divertiam naquele que outrora foi seu antigo quarto, era tudo o que a pequena Sônia Duarts desejava agora, depois de um tempo de intenso sofrimento, indesejável e dolorido.

As lembranças recordadas por meio das embalagens de barras de cereais depositadas no baú e dos *souvenirs* ainda surtiam efeito positivo na menina do antigo laboratório.

Quem sabe as mesmas memórias a impulsionem a tomar as rédeas e a assumir novamente a direção de seu veículo, passando a limpo outras situações mal resolvidas e, se preciso for, criando algumas misturas que poderão trazer mais uma vez o sorriso tão maravilhoso que encantou o estagiário.

XXVIII

Oi, 'Jim'

Já faz algum tempo que não nos comunicamos. Talvez a quantidade de tarefas em sua nova empresa lhe impeça de me retornar.

Contudo, senti saudades e resolvi mandar um sinal, espero que goste. Fui até o interior e me lembrei da senhorita.

Olhar!

Olhando pela janela, eu vi...

É primavera, as flores voltaram a colorir,

O horário de verão está prestes a entrar em vigor,

E os campos e bosques estão cada vez mais verdes.

Vi o vento, ah, esse Sr. Vento vive a brincar com a copa de suas amigas árvores.

Aliás, por vezes, tive a impressão de que as tirava para dançar e, como alguém que está dirigindo um show, envolve todas elas em uma maravilhosa coreografia bem ao estilo dos grandes musicais das salas de teatro.

Ouvi dizer que alguns diretores idealizaram peças, interagindo com o público de maneira com que o pessoal fizesse parte do espetáculo como também um dos atores.

Nosso amigo Sr. Vento é especialista nessas interações. Convida as amigas árvores para dançar, faz a maior das coreografias e, quando bem entende, acaba nos colocando em seus espetáculos sem pedir prévia autorização. Ele é muito bom nisso.

Percebendo essa coreografia, me lembrei.

Já vi o véu de algumas noivas esvoaçando e, em seguida, os cabelos de outras meninas com o penteado todo desarrumando pela ousadia do Sr. Vento.

Vi meninas que não queriam dançar ficarem bravas e transtornadas por não se sentirem respeitadas pela natureza.

Também percebi que, por vezes, o diretor deste evento, o Sr. Vento, é demasiadamente atrevido.

Sem pedir licença, sem avisar do roteiro ou mostrar o script, com simples intenção de mostrar o que é belo, saiu a levantar o vestido de outras senhoritas desprevenidas.

Acredito que nunca pensou em constrangê-las, apenas teve a intenção de dar mais uma chance para dançar e se alegrar com a entrada dessa estação maravilhosa. Mesmo assim, a plateia masculina aplaudiu sua generosidade.

Momento mágico do ano, estação encantada, o cheiro das flores, a vida com suas cores, apesar de gostar do azul, me rendo ao verde da estação, que é deveras extraordinário.

A grande maioria das pessoas não está nem aí com esses pequenos detalhes da vida.

'É natural', dizem eles. 'Não vejo nada de mais e não sei o porquê de todo este espanto, afinal, todos os anos são assim. Nada muda, é tudo do mesmo jeito, é a mesma coisa'.

Não olham ao redor; se olham, não percebem; se percebem, não demonstram; e se demonstram, são indiferentes.

Mas, a primavera está aí, cheia de vida e com seu espetáculo.

O Sr. Vento e suas brincadeiras, as flores, cada uma com sua beleza e aromas encantadores, as árvores com seus galhos cobertos de verdes vivos e o mar que nos espera para um envolvente mergulho sensacional.

Enfim, a vida está aí nos dando mais uma chance de novamente recomeçar, tentar, fazer diferente, conquistar e, por fim, ser feliz.

Outra chance para olhar, para lembrar e, se você ainda quiser, para amar.

Em tempo: não deixe de sorrir, este é o sorriso mais lindo que já vi.

De seu, sempre seu...

Ass.: Celso A. Gutier (O estagiário).

FIM!